LA CHAPELLE

D'AYTON.

LA CHAPELLE

D'AYTON,

OU

EMMA COURTNEY.

NOUVELLE ÉDITION.

TOME DEUXIÈME.

A PARIS,

Chez MARADAN, rue des Grands-Augustins,
vis-à-vis celle du Pont de Lodi, N° 9.

1810.

LA CHAPELLE

D'AYTON.

CHAPITRE PREMIER.

Auguste parlait de retourner à Londres. Quelque douloureuse que pût être la position d'Emma, elle ne songeait qu'en frémissant au moment où, renonçant à sa dernière espérance, privée d'intérêt et de mouvement, elle se verrait, dans un calme mortel, contrainte à regretter jusqu'aux orages qui lui permettaient encore d'attendre un beau jour.

Cependant les fréquentes absences d'Auguste ne laissaient pas de lui causer de l'inquiétude. Sans cacher ses démarches, il parlait beaucoup moins de ce qu'il avait fait dans la journée; et lorsque sa mère, en riant, lui demandait compte de sa conduite, il répondait sur le même ton, et soutenait la plaisanterie, mais finissait rarement par satisfaire à la question : lorsqu'on obtenait quelque chose, c'étaient des récits de promenades solitaires, qu'Emma, si elle eût pu soupçonner la véracité d'Auguste, aurait cru n'être pas le vrai motif de ses longues excursions.

Une après-midi, il était resté chez sa mère plus long-temps que de coutume ; il avait parlé de son départ avec une tristesse qu'il cherchait en vain à déguiser. Plusieurs fois il avait voulu reprendre ce ton de gaieté qui lui seyait si bien, et que cependant Emma aurait donné pour un peu d'abattement ; toujours il était retombé dans un entretien plus sérieux : à deux ou trois reprises différentes, le sérieux avait amené quelque chose de plus. Jamais il n'avait montré plus de confiance et de sensibilité. Le cœur d'Emma se rouvrait à la joie quand la conversation fut interrompue par l'arrivée d'Anna. Elle venait faire part aux habitans de White-House du mariage de sa sœur Sarah avec M. Delby, jeune gentilhomme du voisinage, et leur annoncer que le surlendemain toute la famille

en corps viendrait les prier d'assister
à la noce, qui devait se faire dans
quatre jours. Elle leur raconta qu'ensuite les deux mariés devaient partir
pour Londres, et que M. et madame
Morton avaient promis de les rejoindre
bientôt. Gonflée de plaisir et d'orgueil
de la pensée d'aller briller à Londres,
Anna, sans rien perdre de sa vivacité,
semblait avoir acquis plus d'impor-
tance; ses enfantillages commençaient
à emprunter les graces de la coquet-
terie. Auguste la regardait avec une
surprise dans laquelle Emma craignait
de trouver un mélange de plaisir. Elle
s'étonnait de ne pas le voir sortir
comme à son ordinaire. Enfin il quitte
la chambre.

« M. Harley se sauve bien vîte, » dit
Anna d'un air assez piqué.

« Il sort tous les jours à cette heure-
ci, » répond madame Harley.

« Oh ! je le sais bien, » reprend
Anna.

« Vous le savez ! » s'écrie Emma,
dans un premier mouvement dont elle
n'est pas la maîtresse.

« Oui, dit Anna avec l'air un peu
embarrassé d'une vanité contrainte ;
je le rencontre presque tous les jours

dans les environs de Morton-Park, avec un livre à la main, dans lequel il ne lit guère. Il faut qu'il ait formé le dessein de se soustraire aux regards du monde, car il ne m'aborde jamais que quand je suis seule avec mistriss Péters ; le reste du temps, il se tient à l'écart avec une exactitude scrupuleuse. Il a l'air bien ennuyé, je vous assure. »

« Ennuyé ! dit madame Harley ; je n'ai jamais vu à Auguste l'air ennuyé. »

« Ou triste, si vous voulez. »

« Depuis qu'il est ici, il ne m'a pas paru triste une seule minute. »

« A la bonne heure ; en ce cas, vous conviendrez qu'il ne vaut pas la peine de se tant presser de sortir, pour aller faire cette mine-là dans les champs. »

En ce moment, Auguste rentra.

« Voici une jeune personne qui se plaint de vous », lui dit en riant madame Harley.

« De moi ? »

« Oui, et sur-tout de l'air affligé que vous prenez quand vous errez comme une ombre autour de Morton-Park. »

« Ce ne pourrait être que l'air impatient, » reprit-il en continuant la même plaisanterie. Elle se soutint quel-

que temps entre eux. Anna semblait
chercher à la prolonger, Auguste s'y
prêtait avec l'air du plaisir. Sa tristesse
avait disparu ; lorsqu'il était rentré,
le plaisir avait brillé dans les yeux
d'Anna ; elle avait redoublé de folie.
Ses accès de gaieté gagnaient quelquefois jusqu'à madame Harley. La seule
Emma ne laissait pas échapper un sourire : choquée à l'excès d'un badinage
qu'en toute autre occasion elle eût regardé comme très-innocent, elle semblait craindre de partager des torts
dont assurément elle était bien éloignée. Plus Anna se montrait légère,
plus elle voulait paraître grave, et elle
n'avait pas besoin d'efforts pour donner à ses traits l'expression de la sévérité. Soigneuse de se tenir à l'écart,
elle excitait moins l'attention, qui, par
une suite naturelle, retombait toute
entière sur Anna. Chaque moment ai-
grissait la blessure de son cœur. Anna,
par hasard, se mit à fredonner quelques notes, elle avait une jolie voix ;
Auguste la pria de chanter. Elle commença par s'en défendre, mais après
quelques instances, il en obtint un
couplet, puis un second, puis un troisième. Il avait fait à Emma la même

demande; mais elle s'y était refusée si froidement, qu'il n'avait osé insister davantage. Elle remarqua la différence sans l'attribuer à sa véritable cause, et sans observer que, depuis ce moment, l'inattention d'Auguste forçait Anna à faire presque tous les frais de l'entretien ; en sorte qu'avertie sans doute par ce refroidissement, elle jugea qu'il pouvait être convenable de terminer une visite de deux heures, qu'Emma avait comptées pour deux siècles. Auguste sortit pour la reconduire, et madame Harley retourna dans son appartement.

Voilà donc celle qu'il me préfère ! s'écria Emma, lorsqu'elle se trouva seule dans la bibliothèque ; voilà les graces qui l'ont aveuglé sur les inconvéniens d'un caractère frivole et vain ! C'est pour la rencontrer qu'il sort tous les jours de si bonne heure ! Auguste Harley se laisse séduire par une enfant ! Anna sera donc chargée du bonheur d'Auguste ! Et comment l'aura-t-elle acquis, ce droit précieux ?.... Ah ! devrais-je me montrer jalouse d'un pareil triomphe ? Mais, reprit-elle après un instant de réflexion, peut-être je la juge avec trop de sévérité ; la seule vanité

ne peut causer ces mouvemens de joie
que j'ai si bien reconnus. Si elle l'aimait !.... Et pourquoi ne l'aimerait-elle
pas ? peu faite à dissimuler ses sentimens, elle s'y livre avec toute l'innocence de son âge ; il aura lu dans cette
ame naïve, sans pouvoir lui reprocher
de manquer à des bienséances dont elle
n'est point instruite, dont elle ne croit
pas avoir besoin pour dissimuler une
affection qu'elle ignore peut-être ; il
aura cédé à cet attrait si flatteur. Qui
peut résister au bonheur d'être aimé !
Heureuse Anna ! combien je vous envie ces agrémens frivoles, que j'aurais
tant dédaignés s'ils n'avaient pas su lui
plaire ! Mais pourquoi les dédaigner ?
dois-je m'étonner qu'il se soit senti en-
traîné de son côté, elle employait tous
ses efforts pour l'attirer, le séduire ; et
moi..... froide, sévère, je ne songeais
qu'à le repousser ? Pendant qu'elle a
chanté, avec quelle attention il l'écoutait ! J'aurais pu chanter aussi, mais je
l'ai refusé avec une humeur !.... En disant ces mots, elle prenait honteuse-
ment une guitarre qui se trouvait à
côté d'elle, et sans trop s'avouer qu'Auguste allait peut-être revenir, elle se
mit à jouer négligemment la ritour-

nelle d'un air qu'Auguste aimait passionnément à lui entendre chanter. Depuis qu'elle était si malheureuse, elle n'avait pas eu une seule fois la pensée de l'essayer. Aux premiers sons qu'elle veut former, elle se rappelle si vivement et les transports d'Auguste, et les douces sensations qu'ils avaient fait naître dans son ame, que, déchirée par le contraste, elle sent ses yeux se remplir de larmes; elle est forcée de s'arrêter. Une réflexion en amène une autre : Quelle méprisable adresse ! s'écrie-t-elle en se levant, et rejetant l'instrument avec indignation. Il me connaît, et je n'ai pu m'en faire aimer ! et j'espèrerais.... je pourrais vouloir.... Non, non. Emma, se dit-elle en essuyant ses pleurs, souffre, mais sache au moins supporter ton malheur sans t'avilir ! Elle se promenait dans la chambre pour calmer son agitation, lorsqu'elle entend venir Auguste, et au même instant le voit entrer dans la bibliothèque. Effrayée du désordre où elle était encore, elle va se rasseoir en baissant les yeux, et d'embarras, sa main parcourt la guitarre, qu'elle avait laissée sur le sofa. Auguste s'assied de l'autre côté.

« Elle est bien abandonnée, » dit-il enfin, après quelques momens de silence. Emma ne répond rien ; il reprend :

« Du bout de la galerie, j'ai entendu le commencement de cet air charmant qu'autrefois miss Courtney daignait accorder à mes prières. Je me suis arrêté pour l'entendre, mais je lui ai porté malheur. »

« J'ai essayé de chanter », dit Emma très-confuse ; mais, ajoute-t-elle en secouant la tête, « j'ai été forcée d'y renoncer. »

« Il y a quinze jours que je n'ai entendu chanter miss Courtney. »

« Quinze jours ? » dit-elle ; et s'arrêtant comme pour calculer : « Oui, précisément quinze jours. »

« Et quand pouvons-nous espérer de voir finir la privation ? »

« Je ne sais. »

« Je n'ose plus me flatter de l'abréger. »

« Je ne sais pas pourquoi.... » dit-elle en rougissant.

« Hé bien, » reprit-il en arrêtant sur elle un regard qui semblait chercher son ame : « Soyez donc assez bonne pour me rassurer, miss Courtney, je vous en supplie; recommencez cet air que vous chantiez quand je suis arrivé. »

Emma sourit; elle reprenait lentement la guitarre. Auguste ajoute :

« Et ensuite, nous nous retrouverons comme il y a quinze jours. »

A cette demande, son cœur se gonfla; elle sentit qu'il lui serait impossible de chanter; elle se souvint d'Anna. Auguste chercherait-il à la consoler? Elle remit la guitarre sur le sofa.

« Je ne puis chanter, dit-elle. Non, monsieur Harley, je ne chanterai pas. »

Il se fit entre eux un moment de silence. Confuse, tremblante, Emma tenait ses yeux fixés vers la terre. Auguste la regardait avec une expression d'inquiétude et de tristesse.

« Miss Courtney, lui dit-il enfin, serais-je assez malheureux pour vous avoir déplu? »

« M'avoir déplu? pourquoi?.... comment?.... »

« Ou affligée, reprend-il à voix basse et en hésitant.

« Affligée! » dit-elle plus bas encore, et tous deux se turent de nouveau. Au bout de quelques instans, Auguste se

rapprocha avec une timidité qu'elle ne
lui avait jamais vue.

« Par quel malheur ou par quelle
faute, dit-il, ai-je perdu ces bontés
que miss Courtney daignait accorder,
au moins, au fils de son amie ? »

Émue par le son de sa voix, elle leva
les yeux sur lui ; les regards d'Auguste
étaient animés d'une expression si tendre, qu'elle ne put les soutenir.

« Oh, monsieur Harley ! dit-elle
avec l'accent le plus vrai, vous n'avez
rien perdu. »

« Dites-le-moi bien, reprit-il avec
chaleur ; je commençais à me croire
coupable. »

« Si vous aviez.....quelques torts, répondit-elle en hésitant, je crois que je
vous le dirais ? »

« Pourquoi donc ce chagrin, cette
froideur ?.... Pardon, miss Courtney ;
que ne puis-je du moins être digne de
votre confiance ! »

« Digne ! Ah ! combien vous le seriez,
si..... »

« Achevez, miss Courtney ; achevez,
mon aimable sœur. »

« Quand vous la desirerez, » reprit-
elle d'un ton plus froid.

« Quand je la desirerai ? dit-il en se

modérant à son tour. Croyez-vous
qu'un pareil bonheur ne fût pas l'objet
de tous les vœux que je me permets de
former ? »

Emma ne répondait plus rien. Il se
lève en disant :

« Je n'abuserai pas plus long-temps
de votre patience; » mais, prêt à sortir,
il se rapproche d'elle.

« Répétez-le-moi, dit-il, il ne s'est
élevé aucun nuage entre nous? Je suis
toujours le frère de la plus charmante
sœur ? » ajoute-t-il plus tendrement.
Elle sourit ; il la regarde un instant,
puis s'éloigne avec précipitation, la
laissant dans une perplexité qui cependant n'était pas sans douceur. Elle
ne savait plus que penser, mais, dans
sa position, c'était un bien que l'incertitude.

Le lendemain elle jugea qu'il serait
poli de faire une visite à Morton-Park;
elle le jugea d'autant plus, qu'Auguste
n'avait point paru au déjeûner. Espérait-elle le rencontrer, espérait-elle
tirer d'Anna quelques éclaircissemens?
Elle n'en savait rien, mais il lui était sur-
tout nécessaire de promener son agitation. Aussi la visite ne fut pas longue.
Il faisait beau, et, pour se distraire,

elle avait desiré faire la route à pied.
Le domestique qui la suivait, lui avait
demandé la permission de s'écarter
pour aller chercher quelque chose à
une ferme voisine. Elle revenait lentement, étourdie, pour ainsi dire,
par la foule des idées qui se croisaient
et se combinaient dans sa tête. Elle
n'avait pu remarquer aucun indice
qui détruisît ou confirmât les soupçons
qu'elle avait conçus à l'égard d'Anna.
Les scènes de la veille se représentaient
alternativement à son esprit. Ses yeux
erraient sur la campagne, non pas
comme autrefois pour admirer les
beautés de la nature : dans l'étendue
de l'horizon, ils ne cherchaient qu'un
point, et ne pouvaient le découvrir.

Depuis quelques momens, son oreille
avait été frappée d'un bruit assez extraordinaire. Sans curiosité pour en
connaître la cause, elle y avait donné
peu d'attention. Cependant il s'approchait tellement, qu'elle commençait à
s'en occuper davantage, quand tout
à coup elle voit à deux cents pas sortir
de derrière les arbres un taureau fu-
rieux, poursuivi par des chiens de
berger, dont les cris ne servaient qu'à
redoubler sa rage. Sa course se diri-

geait vers elle; effrayée, elle s'écarte
en fuyant du chemin qu'il semblait
prendre; mais, attiré par le mouvement, l'animal la poursuit; il gagne
sur elle à chaque instant, il va l'atteindre, il n'est plus entre eux qu'un
buisson, elle en a déjà fait une fois le
tour : encore un élan, et loin d'Auguste, Emma va subir une mort affreuse.

« Auguste! » s'écrie-t-elle. En ce moment on entend un coup de fusil, une
balle a frappé le taureau. Il s'arrête;
Emma s'arrête aussi. Tremblante, elle
n'ose quitter le buisson protecteur, elle
meurt à chaque mouvement de l'animal, toujours prêt à fondre sur elle.
Enfin il s'éloigne, elle respire ; elle
hasarde d'avancer quelques pas pour
découvrir et rejoindre son libérateur.
Elle le voit; c'est Auguste ! mais le
taureau court sur lui. Il l'attend, il
approche; Emma ne peut plus franchir à temps l'intervalle qui la sépare
du danger de ce qu'elle aime. Elle
tombe à genoux, les bras tendus vers
le ciel. Un second coup abat l'animal,
qui déjà baissait sa corne pour frapper.
Il pousse un dernier mugissement, et
meurt. Auguste s'élance vers Emma :

elle était tombée près du buisson à
demi évanouie. Il se précipite à côté
d'elle.

« Emma, s'écrie-t-il en la soulevant,
mon adorable Emma ! la bien-aimée
de mon cœur ! réveille-toi ! »

Emma, privée de mouvement, les
yeux fermés, n'avait cependant point
perdu la connaissance de ce qui se
passait autour d'elle. Elle entend ces
ravissantes paroles, et la vie circule
dans ses veines. Elle ouvre les yeux.

« Grand Dieu du ciel ! elle respire.
Emma, n'êtes-vous pas blessée ? »

« Non, » dit-elle en se penchant vers
lui comme pour se dérober au péril ou
l'en défendre. « Mais le taureau ? »

« Il ne peut plus nous faire de mal,
mon Emma ; il est mort, ma douce
amie. Grand Dieu ! je n'ai donc plus
rien à craindre ? Mais ce coup de fusil.... Si je l'eusse manqué ! Emma,
vous étiez tout près ! un instant j'ai
voulu le tourner contre moi. »

« Et moi, dit-elle avec un reste de
frayeur, je l'ai vu courir de votre côté ;
il allait vous atteindre ; je ne pouvais
plus arriver en même temps..... Nous
allions expirer..... loin l'un de l'autre !
ajoute-t-elle en versant un torrent de

larmes. Pourquoi l'aviez-vous attiré ? »

Auguste la presse contre son cœur.

« Emma, qu'eût été ma vie, sans la
vôtre ? n'êtes-vous pas mon amie ? oui,
malgré tout ce qui nous sépare ! »

« Quoi !.... qui nous sépare ?

« Non, mon Emma, dit-il avec transport ; non, non, rien ne peut nous séparer. »

L'expression du bonheur animait ses
gestes et son maintien ; le cœur d'Emma
ne pouvait contenir sa félicité. Elle se
tut, et ses yeux tournés vers le ciel,
lui adressèrent ce regard qu'elle n'osait
porter sur son amant. Toujours à genoux près d'elle, Auguste faisait suc-
céder au silence le plus expressif, le
plus touchant langage d'un sentiment
auquel il ne manquait que le mot d'a-
mour. Emma l'écoutait la tête baissée,
les yeux humides ; le sourire s'échap-
pait de ses lèvres tremblantes ; quelquefois, au milieu de son trouble, sa
main serrait doucement la main qui
retenait la sienne : sans le souvenir de
madame Harley, jamais elle n'eût pu
se résoudre à quitter ce lieu charmant.
Mais la joie de celle qui avait si tendrement partagé ses peines, manquait
encore à son bonheur.

« Retournons à White-House, » dit-elle en essayant de se lever.

« Déjà ! » s'écrie Auguste.

« Madame Harley pourrait s'inquiéter. »

« Hé bien, partons. »

Il l'aide à se relever. La frayeur lui avait ôté toutes ses forces, elle n'avançait qu'avec peine ; elle s'appuie sur le bras d'Auguste, ce secours est loin de lui suffire ; cependant, pour éviter qu'il n'achève une proposition qu'il n'a osé faire qu'à moitié, elle essaie, par sa volonté, de suppléer au pouvoir qui l'abandonne. Mais, malgré tous ses efforts, elle chancèle à chaque pas ; enfin elle était prête à tomber, si Auguste, en passsant un bras autour d'elle, ne l'avait garantie de la chûte. Le cœur d'une jeune personne se trahit bien moins par ce qu'elle accorde que par ce qu'elle refuse. Le premier mouvement d'Emma fut d'écarter le bras secourable.

« Vous tomberez, miss Courtney », lui dit timidement Auguste. Rien n'était plus parfaitement démontré que la justesse de cette observation, il fallait s'y rendre, ou rester là. Le choix de ce dernier parti eût exigé une explication encore plus embarrassante que le

2.

seul moyen qui restât pour l'éviter.
Elle renonça donc à son projet, et,
sans rien répondre, continua de se
laisser soutenir par Auguste. Mais,
confuse, troublée, elle n'osait proférer
une parole; elle voulait hâter sa mar-
che, et ne réussissait qu'à la rendre
moins sûre. Chaque fois qu'elle chan-
celait, averti par un mouvement incertain, Auguste retenait plus fortement
le charmant fardeau qui reposait sur
lui. Elle se dégageait, mais doucement,
avec précaution, comme si elle eût
craint qu'il ne l'accusât de méfiance.
Le lieu d'où ils étaient partis, se trouvait être fort près de White-House.
Ils arrivent enfin. Malgré la pureté du
cœur d'Emma, malgré la droiture des
intentions d'Auguste, tous deux de
concert, et sans se communiquer leur
pensée, avaient quitté, en arrivant à
la porte, une attitude que la faiblesse
d'Emma rendait indispensable. Elle
avait monté l'escalier avec peine, et
lorsqu'elle entra dans la bibliothèque,
madame Harley aurait été frappée
de la lenteur de sa démarche, si
l'air de satisfaction qu'elle voyait briller sur son visage et sur celui d'Auguste n'eût d'abord attiré son atten-

tion. Elle les regardait avec étonnement. Retenue par la présence de
mylady R***, une de ses amies qui
était arrivée pendant l'absence d'Emma, pour passer quelques jours avec
elle, elle n'osait faire de questions.
Enfin Emma, s'asseyant près d'elle,
lui serre la main en disant avec émotion :

« Il m'a sauvé la vie ! O madame
Harley ! me pardonnerez-vous d'avoir
une seconde fois exposé la sienne ? »

Alors elle fait le récit du danger qu'elle
a couru, et du miracle qui l'a sauvée;
mais elle s'arrête à ce qui la concerne,
elle n'ose s'en fier à elle-même pour retracer l'instant rapide comme l'éclair,
qui s'est écoulé entre sa délivrance et
la mort du taureau. Auguste reprend
à son tour. Il modère ses expressions,
mais en ne disant que ce qu'il a vu, il
peint ce qu'il a senti. Madame Harley
regardait Emma en souriant, et semblait lui dire :« Ingrate que vous êtes! »
Emma baissait les yeux, et bientôt les
relevait brillans de joie.

« Je ne sais quelle puissance nous
conduit, dit-elle enfin, mais c'est toujours dans un grand danger que le
hasard nous réunit. »

La manière dont elle prononça ces paroles, annonça à la pénétrante madame Harley quelque chose de plus doux qu'une simple rencontre.

Il est deux ou trois journées dans la vie dont le souvenir s'étend sur toutes les autres, augmente le bonheur par la réflexion, ou la douleur par le contraste. Quel que dût être à l'avenir le destin d'Emma, celle-ci devait occuper le premier rang entre ces journées bienheureuses. Auguste ne pouvait se résoudre à quitter une minute celle qui maintenant absorbait toutes ses pensées. Un moment de danger semblait compter pour lui comme des années d'absence. Si quelquefois une légère nuance de tristesse venait obscurcir sa physionomie, il portait les yeux sur elle, et le nuage disparaissait. Près de lui heureuse, enivrée, Emma sentait cependant quelquefois le besoin de s'en éloigner, pour se rendre compte de son bonheur. Alors elle reprenait et pesait l'un après l'autre chacun des détails de cette scène si présente à sa mémoire, et les méditations de la solitude étaient peut-être plus délicieuses pour elle, que le moment de jouissance qui les avait amenées.

Il n'avait pas dit : « Je vous aime ; »
mais comme tous ces mouvemens l'a-
vaient dit pour lui! quelle chaleur dans
ses expressions, quelle vivacité dans
ses regards ! combien devait être violent cet amour qui se nourrissait presque sans espérance, qui éclatait malgré
tous ses efforts pour en retenir l'expression! Combien il serait facile pour
Emma, combien il lui serait doux de
renverser cette barrière fantastique
qu'il voyait s'élever entre eux, de lever
ses doutes, dissiper ses craintes, lui
laisser deviner son secret, et lire dans
ses yeux l'expression d'un bonheur
qu'il ne tiendrait que d'elle ! Puis le
conduisant aux pieds de madame Harley, de commencer par le spectacle de
leur bonheur, ces jours d'une inaltérable félicité que devait passer entre ses
enfans, cette mère, cette amie sensible
autant qu'indulgente ! Mais comment
s'expliquer, comment voir Auguste
assez long-temps seul, pour amener
la conversation sur M. Montague ?
Lady R*** devait rester plusieurs jours
avec madame Harley, puis venait le
mariage de Sarah. Madame Morton
ayant jugé peu convenable que la
nièce de son mari parût à la noce de

sa fille , venant de chez une étrangère , avait engagé miss Courtney à
venir habiter pendant quelques jours
la chambre qu'elle avait occupée à
Morton-Park. Emma , que cette proposition désolait, n'avait pas cru cependant pouvoir s'y refuser. Tout cela
conduisait à peu près au moment du
départ d'Auguste. Mais s'il était instruit, il ne partirait pas pour long-
temps, peut-être même pourrait-il
bien ne point partir du tout. Il fallait
donc se bien garder de laisser échapper des momens dont il était possible
qu'un seul influât sur le reste de leur
vie. Hé bien , dit-elle, je lui propose-
rai de m'accompagner à la promenade,
mais le prétexte ne sera que pour les
autres ; vis-à-vis de lui je n'emploierai
ni préparation, ni détours, ni cette
adresse mille fois plus opposée à la
modestie que la franchise. Je m'expliquerai sur ce qui fait l'objet de ses
craintes ; peut-être il devinera les motifs qui me conduisent. Hé bien, qu'il
les devine ; qu'il apprenne au même
instant qu'Emma n'est à personne, et
qu'Emma se donne à lui. Qui m'ose-
rait blâmer d'avoir hâté le bonheur
de celui que j'aime, quand ce bonheur

ne dépendait que de moi, quand je
pouvais le faire sans qu'il en coutât
rien à mon devoir? Aimable et cher
Auguste, ne crains pas que ton amie
se laisse abuser par une fausse idée
de fierté, qu'elle veuille multiplier tes
sacrifices. Heureuse de tes jouissances,
si jamais un devoir indispensable la
forçait à contrarier tes desirs, elle te
dirait : C'est à toi que je me confie;
ton bonheur serait le mien ; plains-
moi, console-moi d'être obligée de
t'en priver.

CHAPITRE II.

Tout le jour et une partie de la nuit
se passèrent dans ces douces réflexions.
Emma ne dormit presque point, et
cependant le lendemain elle était plus
fraîche, plus animée qu'on ne l'avait
jamais vu l'être dans ces années de calme, où le jour succédait à la nuit sans
agitation comme sans langueur, où son
imagination active faisait seule les frais

d'une occupation qui suffisait à ses plaisirs, et ne troublait point son repos. Auguste, au contraire, était pâle, abattu; il s'efforçait en vain de montrer de la gaieté; l'on voyait que depuis la veille des réflexions douloureuses avaient miné son ame, et ne lui permettaient plus de prendre l'essor. On lui demanda à deux ou trois reprises s'il était malade, et chaque fois cette question soutint pour un instant son courage. Emma ne s'y laissait point tromper. Déchirée de le voir souffrir, dévorée du besoin de terminer ses peines, à toute minute, en voyant le sourire forcé, la gaieté contrainte défigurer ces traits, où le sourire et la gaieté paraissaient ordinairement si aimables, elle était prête à lui dire :

« Auguste, consolez-vous, je n'épouserai point M. Montague. »

Il faut absolument trouver un moyen pour lui parler; mais tandis qu'elle médite, Auguste sort, et ne reparaît plus de la matinée. L'après-midi on annonce la visite de madame Morton; elle invite monsieur et madame Harley; madame Harley s'excuse sur sa santé. Auguste refuse d'abord; M. Morton insiste; il réfléchit un instant, et

finit par accepter. Emma peut à peine
contenir sa joie. Ce n'est pas là cependant qu'elle pourra s'expliquer. Madame Morton termine sa visite; Auguste
sort avec elle, et ne rentre plus jusqu'au
soir.

Emma ne peut plus commander à
son agitation; elle n'a plus qu'une
volonté, c'est de trouver le moment
de parler. Mais si elle ne le trouvait
pas! le jour qui va suivre est le
dernier qui lui reste jusqu'à son départ pour Morton-Park. Elle se lève,
arrive à la bibliothèque; Auguste n'y
est pas, il est allé à la chasse. Emma ne
peut plus se dissimuler qu'il ne cherche
à l'éviter. Le dépit et l'inquiétude lui
font éprouver tour à tour les plus douloureuses angoisses. Emma ! que ne
pouvez-vous lire dans le cœur d'Auguste ! Serait-elle plus heureuse ? Ah !
du moins elle n'accuserait pas celui
qu'elle aime, celui qui, s'étant reposé
d'abord avec trop de sécurité sur les
engagemens qu'il lui suppose, maintenant qu'ils ne servent qu'à le rendre
plus malheureux, veut y croire encore,
pour ne se pas trouver coupable.

Auguste ne revient pas de la journée.
Le soir, quand on est rassemblé, il pa-

raît. Emma ne tourne pas les yeux sur
lui ; elle n'a pas la force de vouloir lui
cacher sa douleur et son ressentiment.
Mais, quand il lui adresse la parole,
quand il faut le regarder, quand elle
remarque l'abattement de sa coute-
nance, la tristesse et l'inquiétude qui
se peignent sur sa physionomie, elle
rougit ; elle regrette d'avoir cédé à son
premier mouvement ; elle veut se contraindre. Cependant ses yeux à chaque
instant rencontrent ceux d'Auguste,
qui paraissent demander grace ; elle les
baisse chaque fois, mais ne les détourne
plus. Elle commence à l'excuser ; elle
espère qu'il profitera de sa dernière
ressource.

Elle a demandé les chevaux à neuf
heures pour le lendemain. Auguste le
sait. Peut-être avant de passer un jour
entier loin d'elle, voudra-t-il au moins
la voir un instant. Le lendemain elle
descend après avoir pris congé de madame Harley. Son cœur battait avec
violence. Elle aperçoit Auguste dans
la cour ; il s'approche d'elle, voyant la
voiture prête à l'emmener.

« Déjà un adieu ! » dit-il d'une voix
émue.

« Ah ! reprend Emma , celui-ci ne sera pas long, mais l'autre !..... »

Auguste ne répond rien ; il l'aide à monter en voiture , et se retire en la saluant d'une inclination de tête. Emma part désespérée. Quelle préparation pour une journée qu'elle va passer sans voir Auguste ! Combien elle sera triste, cette journée ! Emma le quitte à peine , et déjà mille idées affligeantes viennent l'assaillir ; déjà elle s'abandonne à des craintes que jamais en sa présence elle n'eût honorées d'un seul instant de réflexion. Elle arrive à Morton-Park, et n'y trouve rien qui soit propre à la distraire. Ah ! qu'elle aimerait peu, celle que l'on pourrait distraire la première fois qu'un jour entier va s'écouler sans qu'elle puisse attendre celui qui fait l'objet de toutes ses pensées ! S'il est unique ce jour, si des siècles de douleur ne doivent point le suivre, c'est un jour effacé dans la vie, il n'appartiendra point aux souvenirs. Mais s'il n'était que le premier d'une longue série de jours malheureux, s'il n'était que l'entrée d'un de ces déserts de la vie, d'un de ces espaces vides, immmenses, où des jours, des mois, des années de douleur et

d'ennui s'accumulent sans amener un
terme, ou même l'espérance!... Mais,
quoi ? demain Emma reverra son
amant, demain il s'approchera d'elle,
il lui parlera. Elle ne se flatte pas de
trouver au milieu de tant de monde
une occasion favorable pour s'expliquer avec lui-même. Ce n'est point là le
desir qui l'occupe. Rien que le voir !
Cependant il faudra bien qu'en arrivant il s'occupe d'elle au moins quelques momens. Que lui dira-t-il ? que
pourra-t-elle lui répondre ? Ah ! s'ils
se trouvaient seuls un instant après
cette longue séparation ! Elle se réveille ; et sans démêler encore ce qui
l'agite, le plaisir s'est déjà répandu
dans toutes ses veines. Comme l'air est
doux, le ciel brillant, toutes les figures
obligeantes et polies ! Il va venir ! c'est
pour lui qu'elle va se parer ! c'est pour
lui qu'elle veut paraître belle ! Cher-
che-t-elle un triomphe pour son amour
propre, ou bien espère-t-elle l'enflam-
mer davantage ? Non, sûre d'être aimée, elle ne veut augmenter ses jouissances, qu'en doublant le plaisir qu'elle
a surpris quelquefois dans les regards
qu'il portait sur elle.

On se rassemble dans le salon. Emma

descend rayonnante de joie. Auguste
arrive un des premiers. A peine débar-
rassé des premières politesses, il s'approche d'elle avec empressement, avec
une expression de bonheur qu'elle ne
lui avait pas vue depuis long-temps. Il
la contemple d'un air surpris, et paraît
jouir de la trouver si belle. Emma rougit et sourit, elle ne sait que lui dire;
jamais elle n'a mieux compris la vivacité du sentiment qui l'agite. Il semblerait que ce moment de réunion ait
changé les premières habitudes de son
cœur, leur ait donné un caractère
plus passionné. Toute son ame se réunit sur un seul point, sur une seule
idée; un mot, et son secret tout entier
s'échapperait de ses lèvres.

Auguste s'assied près d'elle.

« Ma mère, lui dit-il, m'a chargé
pour vous de mille choses, que je voudrais qu'il me fût permis de vous rendre, » ajoute-t-il en souriant; puis il
reprend : « La journée d'hier nous a
paru bien.... étrange. »

« Il faut pourtant nous y accoutumer, » dit Emma, sachant à peine ce
qu'elle répondait.

« Nous y accoutumer, miss Court-

ney? Ah! du moins n'en parlons pas
encore! »

« Non, non, dit-elle plus vivement,
n'en parlons jamais. »

Tous deux se taisent et paraissent
embarrassés. Auguste se lève, et va se
joindre à quelques hommes qui venaient d'entrer. Bientôt tout le monde
se rassemble; le ministre arrive, et
l'on passe dans la chapelle. La cérémonie commence, un trouble inconnu
s'élève dans l'ame d'Emma, un sentiment religieux se mêle sans l'altérer
à celui qui règne dans son cœur. Elle
tremble et rougit; son respect pour le
lieu saint lui commande une attention
sans partage. Elle le sait, mais vainement veut-elle s'efforcer de ne voir
aux autels que Sarah et M. Delby. Son
cœur et ses yeux errent malgré elle
pour découvrir celui dont l'image s'y
place à ses côtés; sans doute, leurs ré-
gards vont se rencontrer, sans doute....
Elle le voit; le visage entièrement caché dans ses mains, Auguste paraît
vouloir se soustraire au spectacle de
tout ce qui l'environne. Cependant, à
l'instant où les époux s'unissent pour
jamais, il relève la tête; mais, grand
Dieu! qu'il est pâle, qu'il paraît abattu!

Il porte les yeux sur Emma avec l'expression la plus douloureuse; et comme s'il eût craint d'en être aperçu,
reprend aussitôt sa première attitude.
Une pensée rapide vient retracer dans
l'ame d'Emma le souvenir de cet obstacle imaginaire, qu'elle n'a pu lever
encore. L'enchantement se dissipe. Il
souffre, dit-elle; et tandis que je me
livre à l'espérance, il se croit seul, et
gémit sans que rien le console. Emma
ne supportait point une pareille idée,
mais son cœur était rempli de confiance, ses vœux purs comme elle. Son
visage se tourna vers les cieux; et dans
le sanctuaire de la Divinité, elle osa la
prier pour le bonheur de son amant.

La cérémonie finissait; on sort de la
chapelle; au bout de quelques instans,
on se disperse en différens endroits de
l'appartement. Emma ne quitte point
la mariée, mais l'ennui ne peut approcher d'elle. Auguste avait disparu en
sortant de l'église; elle le revoit bientôt : il n'a plus cette expression déchirante qui pénétrait jusqu'au cœur de
son amie; cependant sa figure porte
encore les traces d'un sentiment triste
et profond. Comme Emma va s'em-
presser de le consoler, de l'étourdir au

moins sur ses peines, jusqu'au moment
où elle pourra les faire cesser !

Plus de fierté, plus de réserve ; elle
n'a conservé que cette modestie rem-
plie de graces, dont Emma ne s'écar-
terait point vis-à-vis de l'amant déclaré
prêt à devenir son époux. Ses paroles
peuvent sembler indifférentes ; mais
quelle attrayante douceur dans son
maintien ! quelle séduisante éloquence
dans le son de sa voix ! tout son ensemble est celui d'une créature céleste.
Une douce gaieté se répand autour
d'elle ; Auguste paraît avoir perdu le
souvenir, rassemblé toute son existence dans le moment présent. Emma
s'en aperçoit, et devient plus charmante. On sert le déjeûner, puis ensuite,
chacun se sépare jusqu'à l'heure du
bal. Le soir arrive, le bal commence.
C'était pour Emma le moment de la
félicité suprême ; elle devait danser
avec Auguste : il l'avait priée le matin,
mais il ne paraissait point encore. Elle
refusait avec une fermeté inébranlable
ceux qui lui proposaient d'autres engagemens ; cependant il ne laissait pas de
devenir un peu fatigant pour elle de
résister aux perpétuelles instances d'un
personnage assez ridicule, qui dès le

matin avait fait connaître son admiration pour elle. Elle s'excusait sur ce
qu'elle était engagée avec un autre. »

« Mais il ne vient pas, disait M. Harriot ; c'est se montrer bien peu digne
du bonheur que vous lui réservez. Au
moins une contre-danse, miss Courtney, reprenait-il, et je vous donne
ma parole de me retirer dès que je
le verrai paraître, et de vous remettre
dans les mains de votre heureux che-
valier. »

Emma ne pouvait, à ces conditions,
se refuser plus long-temps sans impo-
litesse aux propositions de M. Harriot;
c'était d'ailleurs le seul moyen qu'elle
entrevît pour se débarrasser des fadeurs
dont il l'excédait. Elle accepta; mais
comme elle traversait la salle pour
s'aller mettre à sa place, elle aperçoit
Auguste, qui, la voyant prête à danser
avec un autre, paraît un peu étonné,
mais se retire sans donner aucun signe
d'humeur.

« C'est lui, » dit Emma, et sur-le-
champ elle s'éloigne de M. Harriot,
qui la suit en lui demandant ce qui
lui arrive. Elle se souvient de sa promesse.

« Vous savez nos conditions, dit-elle

2. 3

se retournant sans s'arrêter, voilà mon partner, et je vais me rejoindre à lui. »

M. Harriot insiste; Auguste paraît prêt à se retirer.

« Miss Courtney, dit M. Harriot en la tirant par la main, on vous rend votre parole; vous êtes à moi. »

« Non, dit-elle, je ne sais pas y manquer; pas même quand on me la rendrait, » ajoute-t-elle en regardant Auguste. Puis, s'éloignant avec lui, elle lui reproche d'avoir voulu la céder à M. Harriot. Auguste lui répond, d'un air un peu contraint, qu'il n'avait pas cru lui déplaire.

« Ainsi, dit-elle, vous devez supposer maintenant que je le regrette. »

Auguste semblait hésiter.

« Répondez-moi, reprend-elle avec un sourire; et de bonne foi, le croyez-vous ? »

« Non dit-il en serrant sa main qu'il tenait; non, trop aimable Emma, je ne puis plus croire que ce que vous voudrez que je croie. »

Dans ce moment, ils rejoignent la danse, prête à commencer. Ils reprennent plusieurs fois ensemble, et dans les intervalles Auguste s'éloigne peu d'Emma. Trop entourés pour s'entre-

tenir de ce qui les intéresse, ils jouissent
cependant d'une espèce de solitude.
Que peuvent-ils se dire qui n'ait pour
eux un charme qu'eux seuls peuvent
sentir? Auguste a retrouvé sa gaieté,
sa grace naturelle; on dirait que fati-
gué de combats, il veut respirer un
instant, et qu'enhardi par de si nombreux témoins, il ne craint point de
se voir entraîner au-delà des bornes
qu'il a voulu se prescrire, et qu'il n'a
jamais franchies qu'au moment où
le danger de ce qu'il aime lui a fait
oublier la prudence et trahir ses résolutions.

Le bal avait commencé de bonne
heure; et quoique l'on fût alors au
milieu d'octobre, la journée avait été
très-chaude, et la soirée fort belle.
Plusieurs femmes témoignent le desir
d'aller prendre l'air dans le jardin.
Emma se met de la partie. Auguste
par hasard n'était pas alors auprès
d'elle. Trois ou quatre jeunes gens se
joignent à leur société. M. Harriot,
qui de loin aperçoit le mouvement,
accourt pour offrir la main à miss
Courtney.

Emma se souvient encore très-bien
de l'ennui profond qu'il lui a fait

éprouver; elle se glisse devant les autres, et s'avance très-vîte du côté
du jardin, en cherchant des yeux un
protecteur. Elle rencontre Auguste à
la porte.

« Où courez-vous, miss Courtney? »

« Je fuis, dit-elle en riant. »

« Eh quel danger? »

« M. Harriot. »

« Puis-je vous en garantir? » demande-t-il en lui offrant sa main pour
passer le seuil de la porte. Ils sont alors
rejoints par M. Harriot, qui, trouvant la place occupée, se contente de
hausser les épaules en se retirant. Il
n'avait pas le droit de se plaindre; et
d'ailleurs, malgré la douceur et la
politesse d'Auguste, M. Harriot était
beaucoup trop versé dans la connaissance des hommes pour risquer le
moins du monde de se compromettre
avec lui.

Emma donnait le bras à Auguste;
c'était le moment de parler, et c'est
pour cela précisément qu'elle ne se
trouvait pas le courage d'ouvrir la bouche. Auguste était embarrassé; il sentait le péril, il et cherchait à le détourner : seul avec Emma, il essayait de
lui parler du bal, de ses succès, et de

prendre ce ton, aimable pour toute autre, désolant pour elle. Elle voulait changer de discours, et ne savait comment faire.

« Pourquoi, dit-elle enfin, pourquoi donc employer vis-à-vis de moi ces phrases de galanterie si peu faites pour des personnes.... qui se connaissent? M. Harley, ajoute-t-elle avec un son de voix enchanteur, ne les envions pas aux gens qui ne trouvent rien à se dire. »

Piqué de ce reproche, Auguste lui demande, d'un ton un peu ému, ce qui dans ses paroles peut avoir eu le malheur de lui déplaire. « Quoi! dit-elle à voix basse et en hésitant, faut-il parler à son amie le même langage qu'à toutes les femmes? »

« Qu'à toutes les femmes! répète Auguste profondément blessé, à toutes les femmes! Miss Courtney n'y voit aucune différence! »

Désolée de l'avoir mécontenté, « Vous ne voulez pas m'entendre, lui dit-elle d'un ton pénétré, » et des larmes roulaient dans ses yeux. Le son de sa voix l'a trahie. Auguste tressaille. Après un moment de silence, pressant fortement contre son cœur la main d'Emma appuyée sur son bras :

« Oh ! mon Emma ! dit-il d'une voix qui semble étouffée par un sentiment profond et douloureux, que ne nous est-il permis de nous entendre ? »

Emma s'abandonne sur le bras qui la soutenait, de sa poitrine s'échappe un violent soupir. Ils avaient cessé de marcher, tous deux se taisaient. Tout à coup Emma porte ses regards autour d'elle, et ne voit personne ; ils avaient pris un autre sentier que le reste de leur société. Le premier mouvement d'Emma fut un grand plaisir ; le second, un sentiment confus de honte et d'effroi.

« Rejoignons les autres, dit-elle d'une voix mal assurée ; on pourrait s'étonner.... » Elle n'ose achever ; elle s'éloigne d'Auguste, qui ne la retient pas, et tous deux reprennent leur route sans rien dire et sans se rapprocher. Bientôt le bruit des voix leur annonce qu'ils sont près de rejoindre ceux qu'ils avaient quittés. C'était le dernier de ces momens dont Emma aurait dû profiter. Elle s'arrête.

« Je les entends, » dit-elle d'une voix tremblante.

« Miss Courtney, reprend Auguste, sans paraître avoir prêté aucune at-

tention à ses paroles, et comme une
suite des réflexions qu'il vient de faire,
il m'est nécessaire d'avoir avec vous
un entretien avant mon départ. Seriez-
vous assez bonne pour m'accorder demain une demi-heure? »

« Tant que vous voudrez, dit-elle,
hors d'elle-même. Mais où?..... comment? »

« Si vous voulez..... daignez, quand
vous serez à White-House, descendre
dans le jardin, je vous y suivrai. »

« Oui, j'irai..... ou bien dans le cabinet de votre mère. »

« De ma mère! dit Auguste d'un ton
effrayé. Non, non, dans le jardin, et
que ma mère.... Pourquoi, miss Courtney, voulez-vous que ce soit en présence de ma mère? »

« Hé bien, comme vous voudrez.....
Je croyais..... mais soyez sûr que je n'y
manquerai pas. »

« Ce que j'ai à vous dire, ne sera
peut-être, ne sera sans doute intéressant que pour moi; mais je compte si
fort...... »

« Que pour vous! Ah! quoi que ce
puisse être.... »

« Au nom de Dieu! s'écrie Auguste
en l'interrompant; au nom de Dieu,

ne préjugez rien sur ce que j'ai à
vous dire ! Si vous saviez combien
peu !..... »

Il se tait. En ce moment ceux dont
ils s'étaient séparés passent à l'entrée
du sentier, dont l'obscurité les cachait
entièrement. Ils attendent en silence
que toute la société ait défilé devant
eux ; puis, passant derrière, ils se rejoignent à leurs compagnons, sans que
ceux-ci, entièrement occupés les uns
des autres, se soient aperçus de la courte
absence de nos deux amans.

On rentre dans la salle du bal. En y
arrivant, Auguste se sépare d'Emma.

« A demain ; miss Courtney, » lui
dit-il ; mais si tristement, qu'il la pénètre d'effroi. Un instant après, il
quitte la chambre, et bientôt elle apprend qu'il vient de partir : confondue,
troublée, elle se livre à mille idées différentes. Elle commence à redouter
cet entretien si ardemment desiré ; puis
elle se rassure, et revient ensuite à
ses premières inquiétudes. Excédée de
fatigue, de tristesse et d'ennui, elle est
forcée de rester dans la salle jusqu'à
six heures du matin ; et lorsque tout le
monde s'est retiré, malgré son extrême
lassitude, l'agitation qu'elle éprouve

l'empêche de s'endormir pendant près d'une heure et demie. Elle s'endort enfin ; mais si profondément, qu'elle ne se réveille pas avant deux heures après-midi. Désolée, elle se lève, et veut retourner sur le champ à White-House, mais il faut auparavant voir M. et madame Morton, céder aux politesses de Sarah et de M. Delby, qui ne veulent pas la laisser partir à pied. Le cocher n'est pas là, il faut le chercher ; enfin il est près de quatre heures lorsqu'elle arrive à White-House.

On se met à table, Auguste paraissait préoccupé. Emma ne peut cacher son trouble et son inquiétude qu'en répondant aux questions multipliées de lady R*** sur le bal de la veille. Mais elle y satisfait si brièvement, et d'un air si distrait, que lady R*** ne peut s'empêcher de dire :

« Voilà assurément deux jeunes gens qui ont rapporté du bal un air bien joyeux. »

A peine fut-on sorti de table, qu'Emma commença à calculer de quelle manière elle s'esquiverait. Rien alors ne lui paraissait plus difficile que de trouver un prétexte pour sortir de la chambre. D'ailleurs elle voulait être

sûre auparavant qu'Auguste la suivît ;
il fallait l'avertir : mais autant elle
cherchait ses regards, autant il semblait éviter les siens. Enfin leurs yeux
se rencontrent. Ceux d'Emma peignent
l'inquiétude, ceux d'Auguste se tournent tristement vers la porte. Emma
l'entend, mais partir la première ! il
lui semble qu'elle aurait moins de peine
à le suivre. Elle tremble et rougit, un
froid malaise se répand dans tous ses
membres ; elle se lève et se rassied à
deux ou trois différentes reprises. Pendant qu'elle hésite, qu'elle essaie de
prendre courage, arrivent deux jeunes
gens, amis d'Auguste. Ils avaient su
son départ, et venaient lui dire adieu ;
ils comptaient rester jusqu'au lendemain matin. Emma juge qu'il faut
attendre un peu, mais qu'ensuite Auguste trouvera bien le moyen de s'é-
chapper un moment. Au bout de quelques minutes de conversation, on parle
de musique. Lady R*** remarque qu'il
est bien extraordinaire qu'habitant avec
d'aussi bons musiciens qu'Auguste et
Emma, elle n'en ait pas entendu une
seule fois depuis qu'elle est à White-
Housse. Les deux jeunes gens l'aimaient
aussi passionnément ; ils se réunissent

à lady R*** pour demander un air ou deux. Emma s'en défend, et prie tout bas madame Harley de trouver quelque moyen pour la soustraire à cette corvée. Lady R*** l'entend.

« Point de cabale, dit-elle ; il me faut un petit air. Je veux savoir, ajoute-t-elle, si le concert réussira mieux que le bal. »

On ne pouvait faire à Emma une plus cruelle plaisanterie ; elle s'y refusait avec plus de vivacité qu'auparavant. Mais lady R*** voulait bien ce qu'elle voulait : la nuit s'approchait, il ne fallait pas tarder beaucoup. Emma cède pour avoir plus tôt fini, et s'assied au clavecin, en protestant qu'elle ne chantera pas plus de deux morceaux. Le second était la romance favorite d'Auguste ; jamais elle ne l'avait chantée d'une manière si touchante. La figure d'Auguste avait paru s'éclaircir. Lady R***, transportée, veut absolument en avoir les paroles.

« Je vais vous donner mon air, » dit Emma.

« Non, non, je ne sais pas la musique, cela ne ferait que m'embarrasser. »

« Hé bien, mylady, je vous les co-
pierai ce soir. »

« Oh! nous l'oublierons. Je vous en
prie, miss Courtney, donnez-les-moi
tout de suite; vous ne pouvez me faire
un plus grand plaisir. »

Emma s'assied, tremblante d'impatience. Elle écrit, et tâche de se contenir, afin de ne pas se mettre, par
quelque erreur, dans la nécessité de
recommencer.

Elle finit, et remet le papier à Auguste, pour qu'il le passe à lady R***.
Elle espère que, libre enfin, elle va pouvoir s'échapper : cependant elle n'ose;
un regard d'Auguste lui donnerait peut-
être du courage. Mais il ne la regarde
point; entièrement occupé du papier
qu'elle vient de lui donner, et que la
main étendue de lady R*** demande
en vain depuis long-temps :

« Quoi! miss Courtney, dit-il avec
émotion, c'est là votre écriture? »

« En quoi cela vous paraît-il extraordinaire? »

« En rien, rien du tout, je vous assure. Seulement je ne l'aurais pas cru, »
ajoute-t-il, avec un dépit qu'il s'efforçait en vain de dissimuler.

En ce moment un léger coup de tonnerre se fait entendre.

« Il tonne, je crois », s'écrie lady R*** en pâlissant. Emma, plus pâle encore, soutient que cela ne peut être, et veut sortir pour s'en assurer.

« Au nom de Dieu, miss Courtney, n'en faites rien. »

Emma va toujours du côté de la porte; mais un coup de tonnerre terrible ébranle toute la maison.

« Il pleut à verse, » dit un des jeunes gens qui rentrait dans la chambre. Alors il faut fermer les fenêtres, les rideaux, afin de dérober, autant qu'il sera possible, à lady R***, le bruit du tonnerre, et sur-tout la vue des éclairs. Ce mouvement occupe pour quelques momens l'attention, qui, autrement, n'aurait pu manquer de se porter sur Auguste et sur Emma. La consternation se peignait dans tout leur maintien. Mais qui causait le désespoir d'Auguste? Emma n'osait se flatter qu'il tînt au regret d'avoir manqué le rendez-vous. Si cela était, un regard pourrait l'en instruire, et il semble, au contraire, s'étudier à fuir les siens. Quand elle sortirait de la bibliothèque, elle ne pourrait lui désigner aucun lieu pour se retrouver. Cependant elle saisit un prétexte pour aller dans sa chambre; peut-être en revenant pourra-t-elle le rencontrer. Combattue entre la crainte de le manquer et celle de le faire attendre, elle va vîte et revient lentement. Elle parcourt des yeux la galerie qui conduit à la bibliothèque. Il n'y a personne. Peut-être la porte va-t-elle s'ouvrir. Un sentiment de décence lui défend de s'arrêter; mais elle avance à peine; cependant quelque peu qu'on avance, on finit toujours par arriver, si bien que, se trouvant à la porte de la bibliothèque, elle est bien tentée de retourner sur ses pas. Elle entre pourtant, et retrouve Auguste dans la position où elle l'avait laissé, mais un peu remis, du moins en apparence, et tâchant de prendre part à la conversation. La journée va finir, Auguste part le lendemain matin; plus d'espoir. Cependant, lorsqu'on se retire, Emma reste dans la bibliothèque, sous prétexte de ranger son ouvrage. Elle voit passer d'abord lady R***, puis madame Harley, puis les deux jeunes gens, puis Auguste. Mais sur le seuil de la porte il s'arrête et se retourne; il voit Emma, pâle comme la mort, appuyée sur une table. Il rentre, et s'avance vers elle d'un air un peu contraint.

« Adieu, miss Courtney, lui dit-il; puissé-je vous retrouver heureuse! »

« Heureuse! » s'écrie-t-elle avec amertume. Puis reprenant du ton d'une douleur concentrée : « Heureuse! quel changement heureux pour moi peut survenir maintenant?

« Je ne chercherai point, dit Auguste d'un air assez piqué, je ne chercherai point à pénétrer les secrets que miss Courtney croit devoir cacher; mais elle ne me forcera point à la croire négligée par celui auquel elle a donné son cœur... toutes ses affections... *par son meilleur ami,* » ajoute-t-il en appuyant beaucoup sur la dernière phrase. Si en ce moment Emma avait pu se rappeler le billet écrit à M. Montague! mais elle ne se rappelle rien. « Donné mon cœur! » dit-elle dans un trouble qui confond toutes ses idées. « Donné mon cœur! » répète-t-elle encore avec un sentiment plus douloureux. Auguste.... quelle amère.... quelle insultante ironie!

« Moi de l'ironie! moi vous insulter! Emma, pouvez-vous le croire! le dire! Vous êtes malheureuse, dit-il en s'at-

tendrissant beaucoup, Emma, aurais-
je pu le penser! Je ne vous demande
point vos secrets : peut-être, ajoute-t-il
en baissant les yeux et la voix, sommes-
nous destinés à nous cacher toujours
ce qui nous intéresse le plus. Ne croyez
pas, reprend-il avec vivacité, ne
croyez pas, si..... quelque apparence
de froideur..... a pu vous blesser dans
ma conduite.... qu'elle vînt d'aucun
ressentiment.... d'aucune curiosité.... »

« Quoi! quelle curiosité?..... quels
secrets?.... »

« Pardon, Emma, si j'ai pu vous
affliger, ou du moins.... vous déplaire.
N'attribuez mes inégalités.... qu'à des
mouvemens secrets.... étrangers.... bien
indifférens.... »

Emma ne pouvait retenir ses larmes.

« Auguste! Auguste! » s'écrie-t-elle.

« Je le sais, j'en suis sûr! » poursuit-
il en se promenant dans la chambre
avec une vivacité dans laquelle il entrait un peu de colère.

« Auguste, vous me ferez mourir! »
Il s'arrête.

« O Dieu! Dieu! suis-je assez malheureuse! » s'écrie Emma en s'appuyant sur la table.

Auguste est vivement ému ; il veut aller vers elle, un souvenir le retient.

« Adieu, miss Courtney, dit-il d'un ton qu'il s'efforce de rendre calme ; puissiez-vous retrouver le bonheur ! le ciel m'est témoin, ajoute-t-il en s'animant, que je sacrifierais ma vie pour vous l'assurer. »

Il s'éloigne : Emma le rappelle.

« Auguste ! s'écrie-t-elle, Auguste ! au nom de Dieu, écoutez-moi ! »

Il s'arrête, et paraît vouloir revenir ; mais on entend dans la galerie des pas de plusieurs domestiques qui viennent ranger et fermer la biliothèque.

« Adieu, miss Courtney, dit-il d'une voix étouffée ; » et, s'échappant pour la dernière fois, il laisse Emma livrée à un excès de douleur que l'instinct de la décence plutôt qu'aucun sentiment réfléchi, l'avertit de dérober aux yeux qui l'environnent ; elle fuit le long de la galerie en détournant la tête. Elle arrive chez elle sans se connaître. Bientôt après, Suzanne entre dans la chambre pour l'aider à se déshabiller, et lui remet une lettre de M. Montague, qu'on avait oublié de lui rendre dans la journée. Emma ne songeait assu-

rément pas à la lire, cependant elle
l'ouvre, et pour dérober son trouble
aux regards de Suzanne, elle feint de
s'occuper avec attention de ce que la
lettre contient. Tandis que ses yeux la
parcourent au hasard, une phrase les
arrête : « Je n'ai reçu aucun billet de
vous, » disait M. Montague. Elle répète machinalement ces mots, sans
qu'ils lui présentent aucune idée ; cependant, à force d'y revenir, elle commence à y attacher un sens.

« Cela est bien étrange! » dit-elle
tout haut.

Suzanne, avec l'empressement du
zèle, s'informe de ce qui paraît l'étonner ainsi. Ses questions répétées arra-
chent à la distraction d'Emma quelques mots sur un billet perdu. Suzanne,
excessivement curieuse, avait pensé
plusieurs fois à ce papier qu'elle était
si fâchée de n'avoir pas lu. Elle s'était
rappelée l'inquiétude avec laquelle Ro-
bert avait cherché un billet qu'il paraissait avoir perdu, et dont il avait
refusé de lui dire l'auteur, en la priant
de n'en parler à personne. Elle rapproche ces diverses circonstances :
quelques questions auxquelles Emma
impatientée répond pour s'en débar-

rasser, achèvent de la mettre au fait.

« Tenez, mademoiselle, dit-elle en s'arrêtant avant d'éteindre le flambeau d'Emma, je suis sûre à présent que c'est ce papier que John a vu, le lendemain de notre retour ici, dans les mains de M. Auguste. »

« Auguste ! s'écrie Emma, que ce nom avait eu le pouvoir de réveiller de sa léthargie ; Auguste avait mon billet ? qu'en faisait-il ?

Alors Suzanne enchantée lui raconte de point en point l'histoire du billet, du moins ce qu'elle en sait, et sort sans pouvoir obtenir aucune autre réponse d'Emma, que son récit avait livrée à l'agitation la plus violente.

Ce n'était plus un doute, une crainte, qui causaient cette agitation, mais la certitude acquise de tout ce qu'elle avait redouté. Elle repasse dans son esprit la conduite d'Auguste, la sienne, les expressions de son billet, ce mot : « Quoi ! c'est là votre écriture ? assurément, je ne l'aurais pas cru. » Et cet autre : « Son meilleur ami, » sur lequel il avait appuyé avec tant d'affectation, ce mélange de tendresse et de dépit qu'elle a remarqué dans ses adieux.

Elle est aimée, il n'est pas possible d'en douter; Auguste ne s'est point mépris aux signes de tendresse qu'elle a laissé échapper en sa présence : mais ces aveux maintenant ne tournent plus qu'à sa honte : elle aurait pu faire son bonheur. Faire le bonheur d'Auguste ! mais il va l'oublier : répandu dans le monde, recherché, enivré de plaisirs, il trouvera dans sa raison les moyens d'étouffer un amour sans espérance, et dont l'objet maintenant doit lui paraître méprisable. S'il a lu ce billet dont toutes les expressions portent le caractère d'une affection plus tendre que l'amitié ordinaire; si depuis il a pu se croire aimé (et l'évidence ne permet pas de se refuser à l'une ou à l'autre de ces suppositions), alors Emma n'est plus à ses yeux qu'une femme fausse, coquette, ou peut-être une créature faible, infidelle à ses premiers sermens, cédant, sans honte et sans prévoyance, à l'attrait d'un amour passager. Voilà ce qui ne peut se supporter; voilà le mal dont l'existence n'est que trop prouvée, et qu'il faut détruire à quelque prix que ce soit. Je m'expliquerai, dit Emma; rien ne peut être plus affreux que la position

où je me trouve ; mais ce point déterminé, comment s'y prendre ? charge-
ra-t-elle madame Harley d'une explication qui devrait venir d'elle-même ?
à quel propos, dans ses lettres, madame Harley irait-elle entretenir son
fils d'un détail qui leur est étranger à
tous deux ? car il ne s'agit plus de
dire simplement : Emma n'a jamais dû
épouser M. Montague ; il faut entrer
en discussion, s'en occuper beaucoup
et long-temps ; autrement il est impossible de détruire des préventions
dont la délicatesse d'Auguste l'empê-
chera d'avouer le fondement. Il faut
donc tout prévoir, lever d'avance les
soupçons qu'il a pu concevoir ; et quel
sera le motif apparent de cette minu-
tieuse explication ? Ne sera-ce pas dire :
Auguste, elle vous aime ; elle n'ose vous
le faire entendre, et m'a chargée de ce
soin. Pourra-t-il s'y méprendre ? Une
mère, en parlant à son fils, gardera-
t-elle cette réserve nécessaire pour conserver la dignité d'une personne dont
elle ménage les intérêts vis-à-vis de
lui ? Ne sera-ce pas avoir employé l'in-
tercesseur auquel on suppose le plus
de pouvoir sur sa volonté ? Un inter-
cesseur ! cette seule pensée fait fris-

sonner Emma. Il est un autre moyen,
un seul; mais le prendra-t-elle? Rien
dans l'exacte vertu ne s'oppose au parti
qu'elle médite; il est digne de sa franchise, de la pureté de ses motifs, de la
confiance que lui inspire son amant :
ce sera un témoignage de la plus parfaite estime. Combien il en sera touché! et s'il l'aime! s'il l'aime, grand
Dieu ! quels seront ses transports ! de
quel bonheur va-t-elle pénétrer son
ame ! Auguste ! je verrai couler les
larmes que la joie te fera répandre; ta
félicité, ton existence seront mon ouvrage, et je me dirai : Sans moi, sans
ma tendresse, sans la confiance que je
lui ai témoignée, séparés maintenant
l'un de l'autre, nous traînerions une
vie destinée aux regrets.

Elle se décide, il était cinq heures du
matin; dans trois heures elle allait voir
Auguste; dans quatre il allait s'éloigner
d'elle, pour bien peu de temps peut-
être, si elle le voulait, pour toujours,
si elle le laissait dans l'erreur. Elle se
lève, allume un flambeau, et se met
à écrire. Si quelqu'un pouvait être en
doute sur ce qu'elle écrit, qu'il attende,
il le saura bientôt. La lettre d'Emma
est achevée; le jour commence à se

montrer ; le mouvement de la maison
commence à se faire entendre ; Emma
voit approcher avec une agitation
inexprimable le moment qui va décider de son sort. A huit heures précises
on l'appelle pour déjeûner avec Auguste avant son départ. Elle sort de
chez elle : jamais sa figure n'avait paru
si noble, si décente. Cependant un
léger tremblement la saisit lorsqu'elle
approche de la galerie. En y entrant,
elle aperçoit Auguste à l'autre bout ;
il l'attend, elle s'avance vers lui ; elle
rougit et baisse les yeux, mais on ne
peut attribuer sa rougeur à la confu-
sion. Elle s'est arrêtée un instant ; elle
semble moins hésiter que chercher en
elle-même la force d'agir. La lettre
qu'elle tient semble attirer l'attention
d'Auguste. Enfin, la lui présentant
avec un peu de timidité :

« Auguste, lui dit-elle d'une voix
émue, cette lettre vous est adressée ;
c'est une preuve de mon estime, de
ma confiance en vous. » Il allait rompre
le cachet, elle l'arrête vivement. « Au
nom de cette confiance, lui dit-elle, je
vous demande de ne l'ouvrir que lorsque vous serez à Londres. »

Auguste s'incline pour toute ré-

ponse; et lorsque, sans proférer une
parole, Emma passe devant lui pour
entrer dans la bibliothèque, il la suit
des yeux avec un étonnement qui re-
double à chaque minute. Ce n'est plus
cette Emma qu'il a vue huit heures
auparavant, tremblante, inconsolable.
Elle est préoccupée, mais calme, et
sa tranquillité n'est point celle de la
résignation. Elle baisse les yeux lorsqu'il la regarde, mais lorsqu'elle les
relève, l'expression d'un tendre contentement se mêle à la dignité de son
maintien. Que sont devenues ces larmes que la veille elle a répandues en
présence d'Auguste? Qui les faisait
couler? qui peut les arrêter maintenant? Il l'accuserait de fausseté, si la
fausseté savait prendre un si noble
maintien. Un pressentiment l'avertit
que cette lettre va lever tous les doutes. Il brûle de s'éclaircir; Emma le
voit avec ravissement presser le cocher, et résister aux objections de sa
mère, qui lui reproche de partir avant
l'heure annoncée. Enfin tout est prêt;
il embrasse madame Harley, prend
congé de lady R***, de ses deux amis.
Pour Emma, il s'approche d'elle, et
s'arrête. Il porte à ses lèvres, sans la

serrer, la main qu'elle lui présente, et
la regarde avec une incertitude dont
elle ne paraît ni affligée ni offensée; il
embrasse encore sa mère, descend rapidement, s'élance dans la voiture, et
part.

CHAPITRE III.

AUGUSTE s'éloigne, brûlant de lire la
lettre que vient de lui remettre Emma.
Dans son impatience, il cherche à en
deviner le contenu, s'épuise en conjectures dont aucune ne l'éclaire, mais
qui toutes le ramènent, sans qu'il s'en
aperçoive, au sentiment habituel de
son cœur.

Auguste n'en est pas peut-être à ses
premières amours, mais en aucun
temps il n'a connu rien de pareil à
ce que lui fait éprouver Emma. Elle
étonne sa raison, subjugue son ame,
et captive tous ses sens. Si le ciel eût
fait naître Emma d'un sexe différent,
Emma eût été son ami, et leur amitié

eût été celle d'Oreste et de Pylade. Mais
elle est femme, elle est belle, elle est
charmante, Auguste l'adore. Aux mouvemens impétueux que lui cause sa
présence, l'habitude de la voir tous
les jours a joint les douceurs de la
confiance et de la familiarité; ce qui
occupe et remplit tous ses momens.
Que deux amans vivent séparés, qu'il
puisse se passer une semaine, quelques
jours entre le moment où ils se quittent
et celui où ils se retrouvent, leur ame
ne sera point étrangère à d'autres distractions. Mais, sous un même toit,
l'amie est l'unique pensée de son ami,
son image se lie à tous les instans de la
journée; elle partage et distingue les
heures, les intervalles sont des momens d'attente, un jour d'absence est
le néant.

On accusera peut-être Auguste d'une
faiblesse coupable; il n'était plus à cet
âge où l'on s'ignore soi-même; il n'a-
vait pu se tromper sur des sentimens
que ses premiers liens lui faisaient un
devoir d'étouffer. Non, sans doute;
mais Auguste croyait Emma engagée à
M. Montague. Il ne s'effraya point
d'un goût de préférence que ne devait
pas soutenir l'espoir. Mais il ne con-

naissait pas Emma, il ne pouvait prévoir le danger; quand il l'aperçut, il se trouvait dans l'impossibilité de le fuir, mais il eut le courage de se contraindre. Enfin un instant l'entraîna ; et, dans cette même heure de trouble et de transports, il lut dans le cœur d'Emma. Les premiers momens furent tous au bonheur. Il oublia Pascaline, ses engagemens, l'univers, il ne vit plus qu'Emma et la félicité suprême. Mais bientôt rendu à lui-même, il se sentit coupable, et plus coupable que la première fois. Sa position lui parut affreuse. L'honneur le forçait à se taire ; mais quand le devoir de détromper Emma l'eût emporté sur cette parole, que jusqu'alors il avait regardée comme inviolable, après avoir trahi le secret de Pascaline, lui serait-il permis de desirer qu'elle le dégageât de ses sermens ? Il dirait donc : Cette femme, qu'un autre va recevoir pour épouse, je l'ai déshonorée ; elle se donne à lui après s'être rendue à mes desirs. Un mot serait une barrière éternelle qu'il élèverait entre l'espérance et lui. Il voulut affecter la froideur, il essaya de douter encore. Mais bientôt le doute, la froideur, tout disparut. On se rap-

pelle les noces de Sarah, cette nuit si
douce et si cruelle pour Auguste. Un
moment de plus, et il laissait échapper
le mot, l'aveu qui devenait le gage
d'une union éternelle. Ce fut alors
que, dans l'égarement de ses remords,
il demanda cet entretien, que l'instant
d'après il se repentit d'avoir sollicité.
Incapable de déterminer ce qu'il pourrait dire, il s'en remit au hasard. On a
vu quel enchaînement de circonstances
avait retardé l'entrevue jusqu'au moment où Auguste découvrit l'auteur du
billet. On a vu l'effet que produisit
cette découverte, la surprise et l'indignation d'Auguste. Un instant il
imagina se sentir guéri. Le lendemain
il revit Emma; et tout prévenu qu'il
était, il crut voir un ange. Il n'osait
s'arrêter à cette série de vraisemblan-
ces, qui depuis la veille l'avaient frappé
d'une fausse lumière; et si lorsqu'elle
remit la lettre entre ses mains, elle
eût dit simplement : » Je n'ai aucun
tort, » il aurait soumis sa raison à
l'inconcevable empire que dans ce
moment elle exerçait sur toutes ses
facultés. Qu'on juge de l'impatience
qui le dévora pendant tout le chemin;
qu'on juge de ce qu'il éprouva, lors-

qu'en décachetant la lettre, il lut ce
qui suit :

Emma à M. Harley.

« Nous allons nous séparer, peut-être
« pour long temps ; et c'est après avoir
« habité sous le même toit, après nous
« être vus tous les jours, à toutes les
« heures, après nous être promis ami-
« tié, confiance, que nous nous sépa-
« rons sans nous entendre, que chacun
« de nous conserve un secret pour son
« ami. Je crois savoir le vôtre, Auguste,
« et vous ne connaissez pas le mien ;
« je veux vous l'apprendre.

« Abusé par des bruits sans fonde-
« ment, vous me croyez engagée d'a-
« vance par une promesse aussi invio-
« lable que les nœuds qu'on forme aux
« autels ; vous me supposez, pour celui
« que l'on assure avoir reçu de moi cette
« promesse, tous les sentimens qui peu-
« vent contribuer au bonheur de deux
« époux : des indices mensongers vous
« ont confirmé dans vos préventions ;
« enfin un billet tombé entre vos mains,
« qu'hier seulement vous avez cru re-
« connaître pour venir de moi, ne vous
« a pas permis de douter d'un fait que

« deux mots de confiance eussent
« promptement éclairci. Le hasard seul
« m'a instruite de ces particularités. Je
« ne m'en défends point, le billet est de
« moi, je ne rougirais que de le désa-
« vouer. Il est adressé à M. Montague,
« à cet homme qu'on s'obstine à dési-
« gner pour mon époux; que vous,
« Auguste, avez pu croire l'arbitre de
« mon sort, quand je ne vous en avais
« rien dit, quand j'avais même cherché
« à vous faire entendre le contraire.
« Mais ce billet, dont le contenu n'est
« pas maintenant parfaitement présent
« à mon souvenir, quelque chose qu'il
« ait pu vous faire soupçonner, il n'é-
« tait, il ne pouvait être que l'expres-
« sion de l'amitié. Jamais M. Montague
« ne m'inspira d'autres sentimens; ja-
» mais, je puis le dire, il ne desira en
« obtenir un autre.

« Ami de mon père dès leur première
« jeunesse, il crut que ma mauvaise
« fortune me donnait des droits à son
« intérêt, à son affection, à ses soins les
« plus généreux, et sa conduite envers
« moi a été telle, que long-temps j'ai
« pensé qu'aucun autre ne pourrait
« l'égaler. Rien ne surpassera jamais
« l'amitié, la vénération qu'il m'ins-

« pire, rien ne peut se comparer à la
« tendresse paternelle qu'il me témoi-
« gne; mais ce sont là nos seuls liens,
» et si jamais de pareils détails vous in-
« téressent assez pour rechercher de
« nouveaux éclaircissemens, vous ver-
« rez qu'il n'en pouvait exister d'autres.

« Maintenant vous ne me deman-
« derez point le motif d'une semblable
« explication, vous le devinez, sans
« doute, et je ne feindrai point de vou-
« loir vous déguiser le secret dont je
« desire que vous soyez instruit. Je vous
« aime, Auguste; je vous aimais long-
« temps avant que vous pussiez me
« connaître: mon cœur avait reçu avec
« avidité les épanchemens d'une amie
« respectable ; et quand, forcée de me
« séparer d'elle, je crus perdre pour ja-
« mais la possibilité de vous rencon-
« trer, ce moment, je l'avouerai, fut un
« des plus douloureux de ma vie. Je
« vous ai vu, et vous n'avez pas dé-
« menti le portrait que m'avait tracé
« la tendresse d'une mère ; chaque jour
« a confirmé l'opinion que je m'étais
« formée à votre égard; vous m'avez
« demandé mon amitié, je vous l'ai
« donnée entière et sans réserve, et j'ai
« cru, en vous la promettant, vous

« avoir confié la meilleure partie de
« mon secret. L'estime fut le principe
« de mes sentimens pour vous, l'estime
« en est la base, c'est elle qui m'encou-
« rage à la démarche que je fais au-
« jourd'hui. Si vous voulez connaître
« l'objet de cette démarche, si vous
« voulez savoir ce qui m'engage à
« franchir les limites imposées à une
« femme, à parler la première, je vous
« le dirai, et sans embarras comme
« sans crainte. Ce n'est point devant
« l'ami à qui j'ai confié mes sentimens,
« que je puis rougir de mes espérances.
« Intéressée à lire dans votre ame, je
« crus y démêler que les titres de sœur,
« d'amie, n'étaient pas les seuls qui se
« joignissent pour vous à l'image d'Em-
« ma; que du moins un penchant, prêt
« à se développer, n'avait été retenu
« que par la fausse idée d'un engage-
« ment inviolable; que, poursuivi par
« cette prévention, vous résisteriez
« toujours à des sentimens sur lesquels
« j'avais fondé l'esperance de mon bon-
« heur et du vôtre. Je crus voir qu'il
« n'existait entre nous qu'une seule
« barrière; il me sembla que vous n'o-
« siez tenter de la franchir : je l'ai fait,
« et quoi qu'il puisse arriver, je ne

« m'en repentirai point. Si je me suis
« trompée, si mes vœux ont égaré mes
« espérances, affligée, mais non pas
« confuse, je ne rougirai point d'avoir
« pu croire à l'amour de celui que j'a-
« vais jugé digne de toutes mes affec-
« tions, digne d'un tel aveu. Et si ja-
« mais, flatté de cet aveu, il se sent
« entraîner par la certitude d'être aimé,
« s'il me confie le soin de son bonheur,
« heureuse et fière d'un droit si pré-
« cieux, mon orgueil ne sera point
« rabaissé par le souvenir des moyens
« qui me l'auront acquis. Sûre du cœur
« qu'elle vous a donné, Emma croira
« vous faire un assez beau présent pour
« qu'elle ait pu l'offrir sans faiblesse,
« comme le voir refuser sans humi-
« liation.

« Maintenant vous me connaissez,
« vous sentez qu'elle doit être votre ré-
« ponse; franche comme ma conduite:
« point de ménagemens, point de vai-
« nes espérances. Sans doute, et mon
« cœur gémirait cruellement si vous
« pouviez refuser de le croire, n'être
« point aimée serait pour moi un mal.
« affreux, irréparable; mais n'être
« point estimée, Auguste, mais que
« vous me crussiez assez faible pour

4.

« avoir besoin de me tromper, voilà,
« ce que je ne supporterais pas, voilà
« ce que rien dans l'univers ne pourrait
« me faire soutenir un seul jour. Soyez
« donc pour moi ce que je suis pour
« vous; songez, en écrivant votre ré-
« ponse, que vous l'adressez à une
« amie, j'ose dire, que vous l'adressez
« à Emma.

» *P. S.* Votre mère connaît mes sen-
« timens; un moment de faiblesse les
« lui a découverts, quand moi-même
« je les distinguais à peine, mais elle
« ignore la démarche que je me suis
« permise; mon secret, quand je vous
« l'ai confié, est devenu le vôtre; c'est
« à vous à me prescrire l'usage que j'en
« dois faire. »

Surpris, transporté après avoir lu
cet écrit, Auguste fut quelque temps
sans pouvoir se rendre compte des
sentimens qui l'agitaient, sans avoir la
faculté de former une seule idée; elle
lui revint, mais ce fut pour le plonger
dans les plus terribles incertitudes.
Tantôt il marchait avec agitation,
tantôt, s'asseyant pour répondre, il
cherchait en vain à se déterminer sur
les premiers mots de sa lettre. Enfin

il se lève, jette sa plume : Répondre,
dit-il, écrire d'ici ! c'est à ses pieds
que je dois être, j'y vole ; elle verra
mon amour, mon malheur, mes espérances ; je lui confierai de mon secret
ce qu'il m'est permis de lui révéler, elle
daignera attendre pour le reste que
j'aie obtenu la liberté de l'en instruire.
Noble et sensible Emma, je répondrai
à cette touchante confiance ; bonheur,
inquiétudes, tout nous sera commun.
J'ai promis à Pascaline de ne me point
marier sans son aveu, mais je n'ai point
promis de ne le jamais demander. Je
vais en obtenir la permission d'Emma,
elle saura mes projets, nous atten-
drons ensemble ; s'il est des sacrifices
à faire, du moins apprendrons-nous
ensemble à les supporter.

Tandis qu'il médite, et que chaque
réflexion l'affermit dans son projet,
tandis qu'il envoie chercher des chevaux pour repartir, et qu'il écrit un
billet qu'il compte faire remettre à
Emma, d'une ferme voisine où il lui
demandera un rendez-vous, afin d'éviter les questions de lady R***, et de se
concerter ensemble sur ce qu'ils pourront dire à madame Harley, on lui
apporte une lettre ; elle vient d'Italie,

de Naples ; c'est une lettre de Pascaline.
Auguste frémit, et sa main tremble en
rompant le cachet.

Pascaline, dans cette lettre, lui ap-
prenait que sa grand'mère , languissante depuis quelque temps, était tombée tout à coup dans un état si affreux,
qu'il ne restait plus d'espérance de la
conserver, et que plusieurs médecins,
consultés ensemble et séparément ,
avaient déclaré qu'il était impossible
qu'elle eût encore deux mois à vivre.

« Jugez, mon cher Auguste, lui di-
« sait Pascaline, jugez de ma tendresse
« pour vous, quand elle a pu me faire
« supporter ces horribles détails. Si je
« perds ma mère, il ne me restera plus
« que vous ; aussitôt que je lui aurai
« fermé les yeux, sans intérêt dans ce
« pays, je passe en Angleterre, je viens
« me remettre entre vos mains, là je
« serai sous votre protection, mon sort
« dépendra de vous, vous en déciderez
« absolument, et je réclamerai cette
« promesse, qui depuis trois ans a fait
« le charme et le soutien de ma dou-
« loureuse existence. »

Puis elle ajoutait :

« Quel que soit le bonheur qui m'at-
« tend en Angleterre, je voudrais pou-

« voir douter encore d'un malheur que
« je retarde de tous mes vœux ; mais
« un médecin célèbre, appelé ici d'une
« ville voisine, vient d'arriver à l'ins-
« tant, et me confirme l'affreuse vérité.
« Déjà les signes certains d'une disso-
« lution prochaine m'annoncent que
« bientôt je pleurerai la protectrice de
« mon enfance. »

Après avoir lu cette lettre, Auguste
demeura comme anéanti ; l'arrêt était
prononcé, il ne lui restait plus qu'à le
subir. Il ne fallait plus songer à voir
Emma, à la consulter ; il n'était qu'un
parti à prendre, Pascaline réclamait sa
promesse, il fallait l'accomplir. La certitude, l'excès de son malheur le rete-
naient dans une espèce de tranquillité.
Une fois, à la vérité, dans l'amertume
de son ame, il accusa Pascaline ; il lui
reprocha d'user, sans délicatesse, du
droit qu'il s'était vu contraint de lui
donner : mais, prompt à revenir, de
quoi aurais-je l'injustice de me plaindre, dit-il, quand j'ai donné ma parole,
était-ce pour qu'elle la rendît ? ai-je
espéré qu'elle compterait assez peu sur
mon honneur, pour n'oser me rappeler
des engagemens qu'il avait scellés ? Con-

sommons avec courage le sacrifice qu'il
me demande, remplissons mes devoirs
sans avoir la faiblesse de conserver aucun ressentiment contre la main qui
me les retrace. Payons du bonheur de
ma vie un seul moment d'erreur. Mais,
reprenait-il en soupirant, n'est-ce donc
que le bonheur de ma vie ! Dois-je
sacrifier aussi cette femme charmante,
cette créature céleste, qui se fie à moi
avec tant de candeur et d'élévation, qui
m'ouvre son cœur, plus encore pour
moi que pour elle ? Ce sera donc le prix
de son amour, de sa confiance. Il faut
l'instruire ; mais de quoi l'instruire ?
Il reprend, il relit cent fois cette lettre,
ce gage touchant d'une affection si
noble et si pure ; et chaque fois il com-
prend moins de quelle manière il lui
sera possible d'y répondre.

Emma ! que n'est-elle en son pouvoir, cette franchise que vous lui demandez ! Mais peut-il vous obéir ?
peut-il vous avouer son amour, ses
transports, ses desirs, en vous apprenant qu'une autre a sa foi, qu'une
autre va porter le nom de son épouse ?
vous dire : Celle qu'un nœud indisso-
luble va soumettre à mon pouvoir, n'est
pour moi, ne sera jamais qu'un obstacle

à mon bonheur, à mes vœux les plus ardens; ce serait l'objet de ma haine, si ce n'était celui de ma pitié. Doit-il proférer ces paroles cruelles ? le peut-il, Emma ? Si vous lisiez dans son ame, si votre destinée dépendait d'un pareil aveu, vous refuseriez le bonheur qu'il ne pourrait vous offrir qu'aux dépens de sa générosité, vous lui défendriez d'anéantir le prix du sacrifice qu'il s'impose. Mais vous ignorerez ses combats; son amour, sa douleur, seront perdus pour vous; et tandis que, loin de tout ce qu'il aime, il gémira de vos peines, vous l'en accuserez ; et cependant, victime de ces vertus que vous admiriez en lui, un devoir cruel le forcera au silence.

Le temps s'envole, et il faut répondre; la journée entière s'est écoulée. Auguste a renvoyé, avec une amertume inexprimable, les chevaux qu'il avait demandés lorsqu'abusé par un moment d'espérance, il avait cru pouvoir chercher le bonheur auprès d'Emma. Il faut répondre, il écrit. Son cœur et sa plume se refusent à chaque instant aux expressions que lui dicte un rigoureux honneur.

Auguste à miss Courtney.

« Pénétré d'admiration, de recon-
« naissance, je devrais l'être aussi de la
« joie la plus vive; c'est le sentiment
« que miss Courtney avait droit d'at-
« tendre de celui qu'elle a daigné ho-
« norer d'une si précieuse marque d'es-
« time et de confiance. Elle n'avait pas
« imaginé sans doute que ce mortel
« privilégié dût se trouver en ce mo-
« ment livré aux plus cuisans regrets,
« qu'il ne parcourût qu'avec amertume
« ces caractères adorables, tracés pour
« élever au comble de la félicité le mal-
« heureux qui les contemple, les ap-
« précie, et se voit forcé à détourner
« ses regards d'un objet trop dange-
« reux. Ma réponse sera telle que vous
« l'exigez de moi, telle que je l'au-
« rais faite quand vous ne m'eussiez
« rien demandé; la cruelle vérité s'of-
« frira sans déguisemens. Il existe entre
« nous un obstacle insurmontable; il
« m'est également impossible de le dé-
« truire, de vous le faire connaître, ou
« de vous indiquer la nature du pou-
« voir qui me contraint au silence.
« Voilà mon sort, voilà tout ce que je

« puis répondre à cette lettre, qu'un
« autre eût payé de son sang, et que
« moi.... Mais quels que soient les mou-
« vemens qu'elle a élevés dans mon
« cœur, je ne vous offenserai point
« par les expressions d'un amour qui,
« si j'avais osé le concevoir, l'entrete-
« nir, ne serait pour moi qu'un tour-
« ment affreux, pour vous qu'une in-
« jure, ou plutôt, miss Courtney, l'ob-
« jet d'une généreuse pitié. Songez en
« effet, Emma, quelles seraient les
« souffrances de celui qui, formé pour
« vous adorer, aimé de vous, se verrait
« contraint à prononcer son arrêt, et le
« prononcerait au moment où, certain
« du bonheur qu'il rejette, il aurait à
« choisir entre ce qui fait chérir l'exis-
« tence et ce qui la change en un poids
« insupportable !

« Je m'arrête, ce n'est point à moi
« qu'il est permis de m'étendre sur une
« semblable supposition. Maintenant,
« miss Courtney, j'ai satisfait à ce que
« vous exigiez de moi, ne cherchez
« point à connaître ce qu'il peut m'en
« coûter, et souffrez que je termine une
« réponse qui ne pouvait embarrasser
« l'ami d'Emma, l'homme aux yeux
« duquel s'est déployée toute la no-

« blesse de son caractère, mais qui du
« moins, quels que soient les sentimens
« que vous me supposerez, a dû me
« paraître excessivement pénible.

« Ma mère ignore absolument cette
« partie de ma destinée que je viens de
« vous laisser entrevoir. S'il eût existé
« dans le monde une seule personne
« que j'en pusse instruire, cette per-
« sonne eût été Emma. Soyez donc
« assez bonne, miss Courney, pour
« dérober à ses yeux ce que vous con-
« naissez d'un secret qu'il me serait
« difficile de ne lui dévoiler qu'à demi.

« Il est encore un point sur lequel
« il me paraît nécessaire de nous en-
« tendre. Notre position respective n'est
« plus, ne peut être la même. Assez
« malheureux pour n'oser solliciter la
« permission de me présenter devant
« vous comme avant mon départ de
« White-House, c'est vous, Emma,
« que je veux consulter, c'est vous qui
« me prescrirez la conduite que je dois
« tenir à cet égard. Je ne crains point
« de vous offenser ; toujours noble,
« toujours supérieure aux faiblesses,
« miss Courtney ne conservera ni em-
« barras ni ressentiment ; si elle con-
« sent à revoir celui qui lui a paru mé-

« riter son estime et son amitié, il
« recevra avec transport cette nouvelle
« et précieuse faveur, sans crainte de
« s'exposer à des regrets plus vifs pour
« le bien qu'il a la force de refuser au-
« jourd'hui. Mais si, par des motifs
« également dignes d'elle, elle croit
« devoir le bannir à jamais de sa pré-
« sence, il subira son arrêt sans mur-
« mures, et comptera les temps de son
« bonheur du jour où il connut miss
« Courtney, jusqu'au jour qui, devant
« le combler, ne lui laissa entrevoir
« la félicité suprême que pour obscur-
« cir, pendant le reste de sa vie, tout
« ce qui pourrait prétendre à la rem-
« placer. »

Le lendemain du jour où il avait
écrit cette lettre, Auguste partit pour
aller passer quelque temps dans une
de ses terres, afin d'éviter le monde,
qui, dans ce premier moment, lui
paraissait un séjour odieux.

CHAPITRE IV.

Emma était seule lorsqu'elle reçut la réponse d'Auguste, et cette circonstance fut très-heureuse pour elle, car il lui prit, en décachetant la lettre, un tel tremblement, qu'elle fut très-long-temps sans pouvoir l'ouvrir. Enfin elle l'a lue, et son sort est fixé. Elle est sûre d'être aimée, et se trouve plus malheureuse que jamais. N'essayons pas de rendre ce qui se passe dans son ame.

Quand après avoir retrouvé ce courage que lui donnaient toujours les grands malheurs, elle revit madame Harley.

« Il faut nous quitter, lui dit-elle, je retourne à Londres; » en même-temps elle lui donna à lire une lettre qu'elle avait reçue la veille de cette maîtresse de pension, sur laquelle elle avait compté pour lui procurer un emploi. Voici à peu près le contenu de cette lettre.

« Lady B***, femme de sir Harry
« B***, cherche une personne en état
« de conduire l'éducation d'une de ses
« nièces, âgée de huit ans, qui arrive
« dans quelques mois de la Jamaïque,
« où résident son père et sa mère. Lady
« B*** desire en même-temps trouver
« une société agréable dans la personne
« qu'elle chargera de l'éducation de sa
« nièce. Elle ne s'était point adressée à
« moi, je l'ai su par hasard; mais lors-
« qu'on vous a proposée, et qu'elle a su
« votre nom, elle a paru enchantée.
« Quoique la jeune personne en ques-
« tion n'arrive, comme je vous l'ai dit,
« que dans quelques mois, mylady
« voudrait bien que vous entrassiez sur
« le champ chez elle, afin de l'aider à
« faire les honneurs de sa maison à
« Londres, où elle n'est pas venue de-
« puis long-temps, et où elle compte
« désormais passer tous les hivers. On
« n'a point encore parlé des arrange-
« mens à prendre, mais mylady a
« fait entendre qu'ils seraient ceux qui
« pourraient convenir à une personne
« telle qu'on vous a représentée à ses
« yeux. »

Madame Harley parcourut la lettre;

et en la lui rendant, elle fut quelques
instans à la regarder en silence. Enfin
elle lui dit avec une sorte d'hésitation :

« Vous allez à Londres, Emma ?....
Vous y verrez Auguste. »

« Je l'ignore, » dit Emma en baissant
les yeux. »

« Vous l'ignorez, » reprit madame
Harley ; et prenant la main de sa jeune
amie : « A Dieu ne plaise, Emma, que
je veuille commettre une indiscrétion ;
mais ne puis-je demander quelques
éclaircissemens sur des choses qui me
deviennent absolument incompréhen-
sibles ? »

« Vous avez droit de demander tout
ce que vous desirerez savoir, dit Emma,
toujours les yeux baissés ; mais moi, je
ne puis vous répondre. »

Emma leva les yeux, et crut, pour
la première fois, remarquer sur ce
visage aimable quelques signes de mécontentement. Madame Harley retirait sa main, elle la retint ; et regardant son amie d'un air triste et
caressant :

« Ne m'accusez pas, madame Harley ; égarée moi-même dans l'obscurité, je n'en sais pas plus que vous.
Tout ce que je vois, tout ce qui m'est

prouvé, ajouta-t-elle d'une voix tremblante, c'est qu'Auguste ne cherchera
plus Emma. »

Madame Harley tressaillit, et toutes
deux demeurèrent dans le silence. Madame Harley le rompit la première.

« Emma, lui dit-elle, je respecterai
vos secrets ; mais je vous ai déjà vu
douter d'un sentiment que depuis..... »

« Je ne doute plus, reprit Emma en
l'interrompant ; la certitude m'est acquise, et l'espérance ne peut plus renaître. Auguste, si je ne me trompe,
connaît sir Harry ; je l'y verrai s'il y
vient par hasard, mais je ne chercherai
point à l'y attirer. »

« Emma, je vous comprends moins
que jamais. Pourquoi cet excès de
fierté ? »

« De fierté ! répéta Emma avec un
soupir, ce n'est tout au plus que de la
raison. »

« Vous vous êtes donc prescrit de
l'éviter ? »

« Je le devrais ; mais je n'en ai pas
encore la force. Peut-être, ajouta-t-elle
en laissant échapper quelques larmes
qu'elle retenait depuis long-temps,
peut-être en continuant de le voir, en
recevant tous les jours la confirmation

d'une cruelle vérité, pourrai-je acquérir le courage qui me manque, et préférer la mort au supplice. »

En achevant ces mots, elle se jeta dans les bras de son amie. Celle-ci ne put résister à son attendrissement.

« Pourquoi, dit-elle, Auguste ne peut-il entrevoir!..... »

« Entrevoir! » dit Emma avec un sourire douloureux. Elle sentit que son cœur gonflé allait laisser échapper l'indiscrétion, elle la retint. « A présent moins que jamais, reprit-elle à voix basse. Mon guide, mon amie, ajouta-t-elle tandis que ses larmes coulaient en abondance, pardonnez mon silence, ma réserve; je devrais vous soumettre ma conduite. Sans doute vous me prescririez un parti plus rigoureux. Mais c'est à vous que je demande de ne point ajouter à mes peines, en exigeant de moi des détails qui les aggraveraient sans vous rien apprendre que mon malheur. »

« Emma, lui dit son amie de l'air le plus affligé, je ne vous tourmenterai point; je vois qu'il me faut renoncer aux plus douces espérances. Auguste, Auguste! » s'écrie-t-elle presque d'un ton de reproche.

« Ah ! dit Emma avec vivacité, ne l'accusez pas, il s'est montré toujours tel qu'il devait être : je ne lui reproche rien. » Puis elle ajoute tristement : « Je ne me reproche rien non plus ; pourquoi cela ne peut-il suffire : « Alors cachant sa tête dans ses mains, elle parut pendant quelques instans s'abandonner à toute la violence de sa douleur. Les tendres caresses de madame Harley la ramenèrent enfin à elle-même·

« J'eusse été trop heureuse, dit-elle, il n'y faut plus penser, ou plutôt n'en plus parler, » reprit-elle en secouant la tête. Elle se lève, essuie ses pleurs : « N'en parlons plus, dit-elle à son amie d'un ton ferme ; que ce soit la dernière fois. » Mais voyant le chagrin vivement exprimé dans les traits de celle-ci, elle se jette dans ses bras.

« Au nom de Dieu ! dit-elle, ne me donnez pas de remords. Sans moi, jamais le nom d'Auguste n'eût été pour vous que le signal du bonheur ; et moi, moi seule, j'aurais mêlé quelque amertume à son souvenir ! Je ne vous aurais donc apporté que des peines ! »

« Ingrate ! » dit madame Harley. Elles s'embrassèrent étroitement, et ce

2.   5

mot fut le dernier qui se prononça entre
elles sur cet objet.

Malheureuse, mais tranquille, Emma
trouva assez de liberté d'esprit pendant
les cinq ou six jours qu'elle passa encore à White-House pour s'occuper des
détails de la vie qu'elle allait mener.
Elle y revenait d'un air d'intérêt ; et
madame Harley, se livrant avec plaisir
à une conversation qui paraissait la
distraire, la plaignait, l'admirait, et
ne desira jamais davantage une union
dont on lui annonçait l'impossibilité
sans la lui faire comprendre. Elle s'é-
puisait en conjectures ; mais aucune
ne l'approchait de la vérité. Enfin, tenant toujours à son opinion, très-bien
fondée, qu'Emma était aimée d'Auguste, elle demeura persuadée qu'un
mal-entendu les avait éloignés l'un de
l'autre, et se flatta qu'à leur première
entrevue, il suffirait d'un mot pour
tout éclaircir. Mais fidelle à sa promesse, elle résolut d'attendre les confi-
dences, et, soit d'un côté, soit de l'autre, de ne pas se permettre la moindre
question. Après les plus tendres adieux,
Emma, pour la seconde fois quitta
White-House, et le quitta se disant
bien qu'elle n'y reviendrait jamais.

Était-elle alors plus ou moins malheureuse qu'à son premier départ ? Peut-
être suffira-t-il pour résoudre cette
question, de songer qu'Emma avait
à peu près la certitude de revoir bientôt Auguste, et que malgré ces mots :
Il existe entre nous un obstacle in-
surmontable, mots terribles qui se
peignaient toujours devant elle en gros
caractères, là où il existe cent mille
raisons de désespoir et une seule d'espérance, l'imagination s'empare de
cette raison unique, elle la place dans
son domaine : c'est là qu'elle germe,
qu'elle fructifie, et qu'elle finit même
par détruire l'empire de la raison.

CHAPITRE V.

Emma se présenta chez lady B*** ; le
rôle qu'elle allait jouer lui était absolument nouveau, mais il ne l'humiliait
point ; elle n'eut point l'air embarrassé,
rien n'altéra la noblesse de son maintien, le calme de ses traits. Le premier

abord devait lui être favorable, il le fut;
seulement lady B*** la trouvait un peu
trop belle pour la charger d'une éducation. Mais Lady B*** n'était pas de
ces personnes qui supposent le mal vrai-
semblable seulement parce qu'il est possible. Elle avait toujours été vertueuse,
et pouvait y avoir eu du mérite, car
elle était spirituelle, elle avait été belle,
et elle n'avait jamais aimé son mari.
Par conséquent, indulgente pour les
faiblesses des femmes, elle y croyait
difficilement, les excusait lorsqu'elles
étaient prouvées, et ne se hâtait point
de publier celles qu'on ne pouvait excuser. Belle, indifférente et sage, il
lui fallait une occupation ; la recherche
des modes avait été la sienne, elle les
avait suivies avec fureur ou variées
avec génie; elle avait été de son temps
le modèle du goût; en conséquence,
elle détestait la mode, et huit jours
avant l'arrivée d'Emma, elle avait renvoyé à l'ouvrier un meuble commode
et assorti, uniquement parce qu'il se
trouvait être dans les formes nouvelles.
La seule occasion où elle pût courir
le risque de s'écarter de la justice qui
lui était naturelle, c'était lorsqu'elle
était appelée à juger du caractère d'une

femme qu'elle n'avait jamais vue que coiffée à la mode la plus récente, et telle forme de robe pouvait l'entraîner à traiter avec humeur celle que, huit jours auparavant, elle aurait reçue avec indulgence, malgré les bruits qui circulaient sur son compte. Otez ce petit travers, tout ce qui était sage, aimable et généreux, composait le caractère de lady B***. Dans la conversation qu'elle eut avec Emma, on parla des conditions de l'arrangement qu'elles faisaient ensemble. Quelque délicatesse que mît lady B*** à traiter cet article, il était impossible qu'elle ne se servît pas de mots, et que ces mots ne présentassent pas des idées tout à fait hors d'usage pour Emma; elle rougit un peu, l'embarras gagna lady B***. Toutes deux, pendant quelques momens, se répandirent en discours vagues et mal articulés; Emma sentit sa faiblesse, elle sourit, reprit avec liberté, quoiqu'en rougissant une seconde fois, le sujet qui leur avait paru si difficile à entamer. L'aisance se rétablit, les choses s'arrangèrent sans peine, et dès le soir même, elle se mit en possession de son nouvel emploi. Il n'était pas difficile : jusqu'à l'arrivée de la nièce

se trouver chez lady B*** aux heures
où elle recevait du monde, lui faire
quelquefois la lecture quand elle était
seule, paraître à table et dans le salon, écouter sir Harry, voilà tout.
Sir Harry était un de ces hommes
qu'on voit, qu'on entend, sans en tenir
compte et sans qu'il en reste rien; une
de ces créatures qu'on appelle bonnes,
parce qu'elles n'ont jamais plus songé
à faire le mal qu'à faire le bien. Sa vie
se partageait en trois fonctions prin-
cipales ou plutôt uniques; il buvait,
chassait et dormait, c'était sa façon de
penser. Il trouvait Emma fort jolie,
le lui disait quand il était entre deux
vins, et l'oubliait quand il se trouvait
à jeûn; mais ce n'était pas là son état
naturel.

Dans l'existence la plus uniforme,
la plus dénuée d'avenir, une ame active sait se créer des occupations qui
donnent de l'intérêt du moins aux
jours et aux heures; et des devoirs à
remplir sont une occupation à la portée
de tous. Chaque état a les siens, et il n'en
est point qu'on ne puisse relever en les
remplissant avec exactitude. Faire assez
est le moyen qu'on ne vous demande
pas trop; et pour ne se pas trouver

obligé de reculer, le plus sûr, et dans
ce cas le plus noble, est de ne se pas
exposer à la dispute. Emma ne croyait
pas que pour soutenir la dignité de
son caractère, il lui fallût résister à
son obligeance, à sa bonté naturelle;
car la bonté, souvent active et toujours
libre, peut s'exercer, même à l'égard
de ceux que leur situation place en
apparence au-dessus de nous. Elle
n'imaginait pas non plus qu'il fallût
s'abandonner à cette impatience, à
cette inégalité d'humeur qu'une ame
faible et vaine eût pu décorer du nom
d'indépendance. Elle employait sa force
à céder, son courage à se fuir, et ses
efforts n'étaient pas sans récompense.
Les égards que d'abord lady B*** avait
cru devoir à ce qu'on lui avait dit de
sa fortune passée, et de l'éducation
qu'elle avait reçue, commençaient à
prendre leur source dans les qualités
qu'elle avait cru reconnaître en elle.
Respectée des domestiques, elle savait, par la douceur et la politesse
avec laquelle elle leur demandait ce
qu'il était indispensable d'exiger d'eux,
faire naître en eux ce desir de l'obli-
ger, qu'ils témoignent si rarement
à leurs maîtres. Tous ceux qui fré-

quentaient la maison de lady B★★★
étaient frappés de son esprit, de la
mesure qu'elle mettait dans sa conduite, de la noblesse et de la décence
de ses manières ; la considération qu'elle
obtenait devait la flatter beaucoup davantage qu'elle ne l'eût fait dans une
situation plus brillante. Son existence
paraissait assurée, son amour propre
était satisfait, que lui manquait-il ?
Hélas ! depuis près d'un mois qu'elle
était chez lady B★★★, Auguste n'y avait
pas paru une seule fois. Sans doute
madame Harley ne lui avait pas laissé
ignorer la nouvelle situation de son
amie. Peut-être poussait-il la soumis-
sion jusqu'à ne point paraître sans son
ordre dans les lieux où il pouvait la
rencontrer. C'eût été la porter bien
loin ; pourquoi ne pas attendre qu'on
le lui eût défendu ? Au milieu de toutes
les douleurs qu'elle avait éprouvées
depuis un mois, il n'était qu'une seule
idée qui pût lui apporter quelque con-
consolation, c'était la certitude de ne
pouvoir interdire sa présence à Auguste. Mais pouvait-elle l'attirer ? Non ;
telle avait été du moins sa première
pensée. Ce n'était point raison ; renoncer à son amour lui paraissait la chose

impossible; ce n'était point fierté, elle
n'en conservait plus envers l'ami de
son cœur; c'était décence. Attirer
l'homme qu'elle aimait, qui le savait,
auquel elle ne pouvait être unie, c'eût
été annoncer le projet de séduire ou
d'être séduite, encourir le blâme de
l'objet même d'une pareille faiblesse;
et il faut le dire pour l'honneur de la
vérité plus que pour l'honneur d'Emma, cette dernière raison était la première pour elle. Elle ne disait plus :
telle action est-elle bonne ou mauvaise,
telle démarche convenable ou non,
mais sera-t-elle approuvée ou blâmée
d'Auguste? peut-elle augmenter ou
altérer son estime? C'était et de l'estime et des vertus d'Auguste qu'elle
composait le bonheur qui pouvait lui
rester encore. Si quelquefois, divi-
nisant l'objet de son culte, se glo-
rifiant des sentimens qu'il lui avait
inspirés, elle se demandait : Pourrais-je continuer à l'aimer s'il s'était
rendu coupable d'une action avilis-
sante? la question, souvent répétée,
demeurait toujours sans réponse. Jamais, quelque effort qu'elle pût faire
sur elle-même, Auguste ne se présentait à son imagination qu'accompagné

5.

de tout ce qu'il y a de noble et d'aimable; et si l'idée d'une faiblesse honteuse entrait enfin dans sa pensée, elle
disait: Ce n'est pas Auguste; et l'image
chérie se dissipait jusqu'au moment où
elle la retrouvait accompagnée de son
brillant cortége.

Elle était dans cette situation, lorsqu'un jour, pendant qu'elle se trouvait chez lady B***, on annonça madame Louisa Carrers. A ce nom, Emma
se sentit tressaillir; c'était peut-être la
seule personne au monde pour qui
elle éprouvât une véritable aversion.
Dans ses conjectures sur l'étrange con-
fidence qu'Auguste lui avait faite, ses
soupçons avaient fini par se fixer sur
Louisa Carrers, et le soupçon que rien
n'arrête devient bientôt une certitude;
en conséquence, elle ne doutait pas
que Louisa ne fût, de manière ou
d'autre, la cause de cet obstacle insurmontable. Madame Carrers entre
avec beaucoup d'aisance, lady B***
paraît enchantée de la voir. Elle est
aimable, ses manières sont très-dé-
centes, son ton est excellent, toutes
les idées d'Emma se confondent, elle
est au supplice. Peut-être va-t-elle parler d'Auguste, ou bien.... elle n'osera;

Emma s'était interdit de le nommer la première. Elle ne sait ce qu'elle desire. Un mot pourrait l'éclairer sur ce qui la prive de voir Auguste ; mais entendre sortir son nom de la bouche de Louisa Carrers ! Après une conversation assez indifférente, celle-ci se penche vers lady B*** pour lui faire une question tout bas ; lady B*** répond.

« Miss Courtney ? reprend assez haut madame Carrers, celle qui demeurait chez madame Harley ? »

« Précisément. »

Alors madame Carrers paraît l'examiner avec beaucoup d'attention. Emma est indignée, ses regards lui semblent insultans ; elle veut feindre la gaieté, braver sa rivale, vaine entreprise ; son cœur se gonfle, ses larmes sont prêtes à s'échapper. Madame Carrers se lève, et passe auprès de la chaise où elle était assise ; elle range sa robe avec une sorte d'effroi, la robe voltige, le pied de madame Carrers l'accroche et la retient. Emma la tire avec une précipitation qui ressemblerait presque à de la colère, la robe se déchire. Madame Carrers s'excuse, se désole de l'accident, cherche les moyens de le réparer avec un ton d'intérêt qui met

Emma à la torture. Enfin elle s'assied
près d'elle, cherche à captiver son
attention, lui parle d'un de ses amis
qui la connaît, qui s'occupe d'elle
continuellement. Emma se trouble,
s'agite, et cet ami c'est M. Montague.
Elle veut répondre, et pour la première
fois l'éloge de M. Montague expire sur
ses lèvres.

« A propos, dit lady B***, et l'on ne
saurait croire combien cet à propos lui
parut déplacé dans la bouche d'une
personne telle que lady B***, à propos,
chère Louisa, y a-t-il long-temps que
vous n'avez vu M. Harley ? »

« Il n'est pas ici ? »

Emma fut prête à se récrier, mais
elle commençait à se tenir en garde
contre elle-même, elle se retint.

« Il n'y a passé qu'un jour, reprit
Louisa ; il vint me voir, et me dit
qu'il partait pour Shamstone. »

« Quelle est, pour un jeune homme,
dit lady B***, cette fantaisie d'aller,
dans ce moment-ci, se retirer en her-
mite à la campagne ? »

La conversation commençait à devenir intéressante.

« Je n'en sais rien, » répondit madame Carrers d'un air qui disait, je le

sais ou je le devine. Emma se sentait indignée. Ainsi donc, se disait-elle, elle sait tous les secrets d'Auguste, et moi..... Et dans le moment où je m'occupais de lui avec tant de plaisir, avec tant d'impatience, son premier mouvement avait été de courir chez Louisa Carrers! Mais pourquoi aller à la campagne, puisqu'il ne savait pas que je dusse venir à Londres? Madame Carrers était partie; Emma était rentrée dans sa chambre. Elle reprit la lettre d'Auguste, cette lettre cruelle et charmante, sa fidelle compagne. Elle relut, répéta ce qu'elle savait par cœur, ce qu'elle avait répété plus de cent fois. Elle s'attendrit, elle s'accusa d'injustice. Pardon, pardon, mon aimable Auguste! Je suis aimée, disait-elle en pressant de ses deux mains la lettre contre son cœur; mais cet *obstacle insurmontable!* mais cette madame Carrers!

Deux jours après, il y eut assemblée chez lady B***; Louisa Carrers y était. Dès le moment de son arrivée, elle était allée se placer à côté d'Emma, et paraissait avoir formé le projet de lier conversation avec elle. Quand un sujet d'entretien était épuisé par la mauvaise

volonté de l'une des parties, il s'en retrouvait sur-le-champ un autre qui
devait intéresser Emma. Louisa était
réellement aimable, obligeante, affec-
tueuse même, quoique sans fadeur et
sans cajolerie; mais toutes ses graces,
tous ses soins étaient perdus auprès
d'Emma, dont ils n'excitaient que l'impatience en la forçant à paraître attentive et même quelquefois reconnais-
sante. Elle se crut heureuse quand
lady B***, en l'appelant, lui donna
une raison pour changer de place.

« Emma, lui dit lady B***, vous me
paraissez une espèce de sauvage, il
faut que je vous forme; vous aurez la
bonté d'arranger les parties de jeu. »

De sa vie, Emma n'avait su ce que
c'était qu'arranger une partie de jeu,
elle voulut le représenter à lady B***,
Celle-ci se contenta de lui répondre en
riant :

« Je consens que, pour votre instruction, tout aille de travers aujour-
d'hui; on ne sait jamais bien que ce
qu'on a appris à soi tout seul. »

Emma se résout à tirer le meilleur
parti possible de la tâche qui lui est
imposée, et pour commencer par ce
qui lui semblait le plus facile, elle veut

s'adresser d'abord à la maîtresse de la
maison. Mais il n'y avait pas moyen
d'en tirer une réponse; engagée alors
dans une conversation avec des personnes de son âge, elle glosait vivement
sur la tournure et le costume de plusieurs jeunes femmes et de quelques
jeunes gens qui formaient un groupe
à l'extrémité de la salle. Tous les échos
répondaient dans le même sens, la cri-
tique s'échauffait quelquefois jusqu'à
l'indignation; chaque regard jeté sur
l'ennemi commun amenait une remarque plus sévère. L'amertume géné-
rale n'était égayée que par les compa-
raisons burlesques d'un vieux lord,
ennuyeux dans son temps, et qui maintenant devait mille qualités brillantes à
l'avantage de n'être pas du nôtre. De
jeunes souvenirs animaient sa vieille
éloquence : « Ah! disait-il, quand j'en-
trai dans le monde, il y a quarante-
cinq ans! Je me rappelle, mylady, reprenait-il en s'adressant à une de ses
contemporaines, je me rappelle de
vous avoir vue, il y a trente ans, au bal
de la duchesse de ***, ce fameux bal
donné à l'ambassadrice de ***, quelle
différence! » Puis arrivait l'histoire de
l'ambassadrice, puis les amours de

l'ambassadeur. Une vieille dame souriait, et le vieux lord lui faisait une querelle galante sur l'inhumanité avec laquelle, trente-quatre ans en-çà, elle avait rejeté les vœux de cet illustre personnage. L'histoire du temps passé faisait oublier l'histoire du temps présent, et ces femmes, toutes raisonnables, toutes revenues des prétentions, jouissaient en secret de rencontrer un être vivant qui sût qu'elles avaient été jeunes, et se rappelât de les avoir vues jolies.

Rebutée par le mauvais succès de ses tentatives, Emma se tourna d'un autre côté; mais c'était bien pis, tous les esprits paraissaient dans la plus violente fermentation, les femmes s'agitaient, les hommes ricanaient. « Cela est incroyable, » disait l'une; « inoui, » répondait l'autre. « Cela passe quelquefois, observait une troisième; mais Louisa Carrers est une femme si notée! » Désespérant d'attirer l'attention, Emma se sent extrêmement tentée de s'asseoir, et de laisser aller les choses comme elles pourront; aussi bien, disait-elle, ces gens-là s'amusent, ils sont contens, quelle singulière idée que celle de les forcer à changer de plaisir ! Elle

se livrait à ces raisonnemens philoso-
phiques, quand madame Carrers s'approcha d'elle. Etonnée de l'air d'anxiété
qu'elle remarquait sur son visage :

« Que faites vous là, miss Courtney ? »

« On veut que j'arrange des parties, »
dit Emma d'un ton vraiment effrayé.

« En effet, reprit Louisa en riant,
voilà une ridicule fantaisie. Mais voulez-vous que je m'en charge ? »

Quoique la proposition vînt de madame Carrers, elle était trop séduisante
pour s'y refuser. Tout fut fait en un
clin d'œil. Quand les parties furent ar-
rangées, et les sociétés réunies chacune
selon son goût, Emma se trouva seule
avec madame Carrers. Allons, dit Emma, je n'ai que ce que j'ai mérité. En
effet, Louisa vint s'asseoir près d'elle.

« Savez-vous, miss Courtney, lui
dit-elle d'un air moitié riant, moitié
sérieux, que j'ai formé un projet encore plus bizarre que celui de vous
faire arranger des parties ? »

« Quoi donc ? » reprit Emma, qui
véritablement alors n'en voyait pas de
plus extraordinaire.

« Je veux que nous fassions connaissance. »

Emma se taisait

« Mais connaissance à fond, amitié même; c'est là où je prétends. »

Emma, en effet, trouva la prétention au moins hasardée; cependant il fallait répondre.

« Trop heureuse, dit-elle d'un air contraint, que madame Carrers veuille bien le desirer. »

« Heureuse? répéta en riant Louisa, soit, ma belle amie, ce n'est pas encore aujourd'hui que je vous demanderai compte de vos paroles. Mais, pour en revenir à mon projet, rien ne me paraît plus sagement conçu; nous serons voisines de campagne, nous avons des amis communs. »

« Des amis! » dit Emma.

» Mais, sans doute, reprit Louisa; M. Montague et M. Harley, n'est-ce pas deux ? »

« Je le crois, » dit Emma après avoir réfléchi.

« Et moi aussi, dit en riant Louisa. Pourvu que nous soyons toujours un quart d'heure avant de nous communiquer de pareilles réflexions, ajouta-t-elle de la même manière, on ne pourra pas assurément nous accuser de précipiter la confiance. »

Emma la regarda d'un air très-étonné. Louisa Carrers posa la main sur son bras.

« Dites-moi, ma belle amie, lui demanda-t-elle du ton dont on parle à quelqu'un qu'on craint de réveiller en sursaut, dans quelle partie du monde promenez-vous vos souvenirs en cet instant ? » Emma ne répondit point. « Serait-ce, par hasard, à White-House ? »

Emma tressaillit.

« Pourquoi, madame ? » dit-elle avec beaucoup de fierté.

« Pourquoi pas, miss ? répondit Louisa en l'imitant. N'y avez-vous pas laissé des amis ? » reprit-elle en affectant la surprise.

« Assurément, » dit Emma très-embarrassée.

« Ah ! dit Louisa d'un air de bonhomie, vous aviez compris Shamstone. »

On n'a peut-être pas oublié que Shamstone était en ce moment le lieu de la résidence d'Auguste.

Que dire ? elle avait raison. Emma baissa les yeux.

« Le voilà ! » s'écrie-t-elle en se levant.

« M. Harley, dit le valet-de-chambre qui annonçait. Emma se rassied tremblante. Louisa ne prononce pas une parole, elle paraît très-attentive à ce qui se passait dans le salon, Emma très-occupée à raccommoder le feu; et cependant, par un hasard très-singulier, leurs regards se rencontraient à chaque instant. En même temps, Emma ne perdait pas un des mouvemens d'Auguste, il était un peu triste, et n'en était que mieux, du moins parut-il à ses regards sous une forme céleste. Il parle à lady B***, salue quelques femmes, et aperçoit enfin madame Carrers. Elle lui cachait entièrement Emma, il ne la voit que lorsqu'il se trouve auprès d'elle.

« Miss Courtney, quel bonheur! » s'écrie-t-il avec un geste de surprise.

« Vous ne le saviez pas ? » dit Emma, rayonnante de plaisir.

« Si je l'avais su.... » Puis se remettant, il répond d'un air troublé : « J'avais espéré que vous daigneriez me le faire savoir. »

« Je n'ai pas cru que cela fût nécessaire, » reprend Emma en baissant les yeux, et d'une manière à peine intelligible.

Cette réponse parut affliger Auguste; il demeura quelques momens sans rien dire. Ensuite s'asseyant à la place que madame Carrers venait de quitter :

« Puis-je au moins vous demander, dit-il en s'interrompant à chaque mot comme pour se rappeler ce qu'il avait à dire ; puis-je vous demander quel heureux hasard me procure un bien qui ne m'était pas destiné ? »

Emma crut pouvoir se permettre d'adoucir ce que la première réponse avait de trop froid ; elle ne voulait pas, autant par fierté, par raison, que par sensibilité, qu'il pût la supposer irritée contre lui.

« Croyez-vous, lui dit-elle à voix basse et en rougissant un peu, croyez-vous que j'ignorasse que vous connaissiez lady B***? »

« Et vous avez choisi sa maison ? » reprit Auguste enchanté.

« Pas précisément, dit-elle en souriant, mais encore tremblante ; c'est elle qui a bien voulu me choisir. » Elle s'arrête, il lui était impossible d'articuler une longue phrase ; Auguste la regarde avec surprise et inquiétude ; elle reprend : « Je suis ici pour servir de gouvernante à sa nièce. »

« De gouvernante! vous, miss Courtney! »

Emma commençait à se remettre.

« Pourquoi pas ? dit-elle. Mon sort est-il changé depuis que je ne vous ai vu. Je ne sache pas du moins, reprit-elle d'un air un peu embarrassé, qu'il y ait rien de nouveau quant à la situation de ma fortune. »

« C'était donc un projet formé depuis long-temps » ? dit tristement Auguste.

« Ne vous en avais-je pas parlé une fois à White-House ? »

« Et ce que vous avez dit une fois..... »

« Est dit pour toujours, » répondit-elle en levant sur lui des yeux qu'elle ne put s'empêcher de baisser aussitôt.

« Emma ! » dit Auguste avec transport : il se retint, mais ses regards attachés sur elle exprimèrent la tendresse et le ravissement. Elle détourna les siens, et lorsqu'elle les reporta sur lui, Auguste n'y remarqua plus que l'expression du bonheur calme et doux d'une amitié satisfaite. Elle rompit le silence la première, et lui parla avec aisance des objets qui pouvaient les intéresser tous deux. Auguste se crut transporté au temps où dans la bibliothèque de White-House, en présence de madame Harley, ils s'abandonnaient à la confiance qu'ils s'inspiraient mutuellement, sans que rien eût encore démenti le nom qu'ils avaient donné d'abord à l'union la plus tendre. Une plus douce certitude l'avertissait seulement d'un changement dans sa situation. Une fois dans l'entretien, Emma se trouva conduite à prononcer son nom ; elle hésita quelques instans, et finit par l'appeler M. Harley ; puis elle s'arrêta, comme étonnée de sa nouvelle manière.

»Cherchez-vous, lui dit timidement Auguste, cherchez-vous à vous rappeler ce temps heureux où je me nommais autrement ? »

Elle sourit en rougissant.

« Vous avez raison, » dit-elle, et ne le nomma plus qu'Auguste.

Elle avait repris toute sa fermeté ; elle disait : « Je suis heureuse, » et dans ce moment elle disait bien vrai. Transporté de la revoir, Auguste oubliait tout ; mais bientôt lady B*** l'appela pour la prier de tenir sa place à une partie de whist. Ce moment rappela à Auguste la dépendance où elle était réduite ; il la regarda avec une expression de douleur.

« Hé bien ! dit-elle en souriant, supposez-moi riche, dans la maison de mon père, environnée d'égards, pourrais-je lui refuser cette complaisance, me serait-elle moins pénible que dans ce moment ? »

« Fille charmante ! » dit-il.

Emma emporta dans son cœur de quoi se consoler de l'avoir quitté si promptement, et ses regards firent partager à Auguste le bonheur qu'il venait de lui donner. Il eût vivement desiré en jouir dans la solitude ; mais partir et ne s'être occupé que d'Emma, eût été au moins une imprudence. Cependant s'il ne croyait pas, sous aucun rapport, devoir se permettre un signe de préférence aussi marqué, ne voulant pas du moins qu'Emma pût concevoir un instant d'inquiétude sur une autre femme, il n'imagina rien de mieux après avoir causé avec quelques hommes de sa connaissance, que d'aller s'asseoir auprès de Louisa, qui, placée vis-à-vis de la partie de whist, ne pouvait faire un mouvement sans qu'Emma le vît.

« C'est à vous à jouer, miss Courtney, » dit le vieux partner d'Emma.

« Vous avez raison, mylord. Quatorze de rois, » dit Emma.

« Miss Courtney, c'est une singulière idée que celle d'indiquer ainsi votre jeu ; j'espère, madame, que vous n'en profiterez pas. »

« Nous verrons, » dit la dame.

« En vérité, miss Courtney, vous deviez bien ne pas dire le jeu. »

Louisa parlait à Auguste en riant, et jetant quelques regards sur Emma. Auguste paraissait moitié riant, moitié embarrassé.

« Miss Courtney, dit le vieux lord, vous nous avez fait perdre la partie. »

« Croyez-vous, mylord ? »

« Si je le crois ! je pense que sept et trois font dix. Miss Courtney, vous avez le plus beau sang froid ; pensez au moins, je vous prie, que celle-ci est la partie du robber, et que nous en perdons déjà sept de l'autre. »

« Je ne le savais pas, » dit Emma. Auguste parlait à Louisa avec vivacité.

« C'est à vous à donner, miss Court-ney, » dit le partner de la dame. Auguste et Louisa se parlaient en souriant et en regardant Emma.

« Miss Courtney, dit la dame, vous avez brouillé les jeux. »

« Vous pouvez être sûre que non, » dit Emma en mêlant toujours.

« Ne vous donnez pas tant de peine, dit la dame; je vous assure, miss Courtney, qu'elles sont assez brouillées pour qu'on ne puisse plus les séparer. »

On renvoya chercher des cartes. La partie continua:

« Encore un robber de perdu, dit le vieux lord en frappant sur la table, et cela avec les plus beaux jeux du monde. Madame, dit-il à la dame, vous pouvez vous vanter d'avoir fait une excellente partie. »

La dame sourit d'un air d'intelligence; on quitta les tables, les sociétés se confondirent, mais Auguste ne s'éloigna presque point de Louisa ; et quand tout le monde fut parti, Emma courut dans sa chambre se livrer à toutes ses inquiétudes.

Avant d'aller plus loin, pour fixer les idées du lecteur sur celle qui faisait l'objet de ces inquiétudes, il sera peut-être bon de rendre compte d'un entretien qui eut lieu le lendemain matin, en présence d'Emma, entre sir Harry et sa femme.

« Betzy, dit lady B***, apportez-moi mon métier. » Betzy l'apporta. « Miss Courtney, ne pourrions-nous pas achever la lecture que nous avons

commencée hier? »Emma prit le livre :
« Sir Harry, vous permettez ? »

« Tant qu'il vous plaira, madame ; je
serai ravi d'entendre miss Courtney, »
et il s'arrangea pour dormir. Emma
commença la lecture.

« Elle est aimable, cette madame
Carrers, » dit en bâillant sir Harry.

« Très-aimable, » dit lady B***.

Emma ne jugea pas à propos de s'interrompre.

« On a fait diablement de contes sur
elle, » dit sir Harry en se retournant
dans son fauteuil.

« Par malheur, dit lady B***, il y
avait quelques histoires. Miss Courtney, ayez la bonté de continuer. »

« Vous autres femmes, dit sir Harry
en se réveillant, vous en voulez terri-
blement à cette pauvre Louisa.

« Je ne crois pas, dit en souriant
lady B***, lui avoir donné de preuves
de mauvaise volonté. »

« Je conseille à miss Courtney de
se lier beaucoup avec elle, » dit sir
Harry en prenant du tabac.

« C'est précisément ce que je lui conseille de ne pas faire, »dit lady B***,
sans lever les yeux de dessus son ouvrage. Emma continua.

« Vous comptez donc fermer votre porte à madame Carrers ? » dit sir Harry en prenant les pincettes.

« C'est, dit lady B***, ce que je ne ferai de ma vie. »

« J'ai vu le temps où vous receviez madame Carrers avec le plus grand plaisir, » dit sir Harry en accommodant le feu.

« Il en est encore bien ainsi, » dit lady B***

« C'était à la campagne, » dit sir Harry.

« Sur-tout à la campagne, » dit lady B***

« Ainsi donc, miss Courtney la verra beaucoup à la campagne ? » dit sir Harry.

« Je l'espère, » dit lady B***.

« J'entends ! elle est bonne à voir à la campagne, et non pas à la ville, » dit sir Harry, en étendant les pieds sur une chaise; et sir Harry s'endormit. Emma posa son livre.

« Oserai-je, mylady, vous demander l'explication de cette énigme ? »

Mylady sourit.

« Rien de plus simple, dit-elle. A la campagne et dans tout le pays que j'ha-

bite, madame Carrers n'est connue que
par sa bonté, sa bienfaisance et son
amabilité, elle est adorée de tout ce
qui l'entoure. Mais à Londres, où l'on
ne peut se dissimuler, quoique ses
torts ne soient pas aussi nombreux
qu'on l'a prétendu, qu'elle n'ait donné
l'exemple d'une conduite irrégulière,
une jeune personne, tout en accep-
tant une liaison qui, j'en puis répondre, ne nuira point à ses mœurs, ne
doit pas se livrer publiquement à une
intimité qui pourrait compromettre sa
réputation. Quant à moi, j'aime beaucoup madame Carrers, je lui dois de
la reconnaissance. J'avais été attaquée
d'une maladie de vapeurs, on me dé-
laissait ; madame Carrers, que je con-
naissais à peine, s'attacha à moi de
pure bonté, et ses soins m'ont, pour
ainsi dire, rendue à la vie. Son com-
merce m'est infiniment agréable, et je
la verrai, quoi qu'on en puisse dire.
Ceux qui le trouveront mauvais, en
seront quittes pour ne pas venir chez
moi. »

Il est à présumer, d'après cette fin
de discours, que lady B*** avait entendu les discours qui, la veille, s'é-
taient tenus chez elle, ou les avait de-

vinés , ce qui se peut sans une grande pénétration.

Huit jours après, Anna arriva chez sa cousine.

« Nous voilà à Londres, dit-elle en entrant, je suis ravie, enchantée. Avez-vous déjà été au waux-hall, à Rane-lagh, au spectacle? Moi, je meurs d'envie de voir tout cela. A propos, M. Har-ley est aussi à Londres ; cela me fait un plaisir ! Mais dites-moi donc si vous avez déjà beaucoup couru ? »

« Ce n'est pas pour cela que je suis venue à Londres , et je crois que cette manière ne plairait pas infiniment à lady B*** »

« Bon! lady B*** ; est-ce que vous êtes obligée de lui obéir comme un enfant? Ah ! j'oubliais ; sérieusement donc vous n'épousez point M. Mon-tague ? »

« Très-sérieusement. »

« En effet, tout le monde dit que cela ne se fera point. »

« On aurait pu le dire plus tôt. »

« M. Harriot en est très-persuadé. »

« M. Harriot! quelles notions parti-culières peut-il avoir à cet égard ? »

« C'est un jeune homme que vous avez vu à la noce de Sarah. Depuis ce temps il dit que cela a peut-être dû se faire, mais que cela ne se fera sûrement jamais. »

« Il a apparemment tiré mon horoscope, » dit Emma en riant.

« Non, mais il vous a suivie dans le jardin, il dit que cela suffit. »

Emma frissonna de la tête aux pieds. Si Anna en avait su davantage, elle l'aurait dit, mais il paraît que M. Harriot n'avait pas jugé à propos de s'expliquer.

« Au reste, dit Anna d'un air d'humeur, je vous préviens que M. Harley ne quitte pas madame Carrers. »

« Je ne m'informe pas de sa conduite, » répondit Emma très-piquée.

« Je les ai rencontrés hier à la porte d'une boutique. Elle est vieille, mistriss Carrers.

« Vieille ! elle n'a guère plus de trente ans. »

« Trente ans, cela n'est pas jeune ! elle a d'ailleurs l'air maussade. »

« Au contraire, dit Emma en retenant un soupir, je la crois bien aimable. »

« Ah, mon Dieu ! à quoi pensais-je donc ! vous devez être bien en colère contre moi. »

« Pourquoi ? »

« Je vous ai enlevé une conquête. »

« Comment ? »

« J'ai pris votre place auprès de M. Pemberton. »

« Ah ! tant qu'il vous plaira. »

« C'est toujours une bonne chose que d'augmenter la liste de ses conquêtes. »

« Était-elle déjà bien nombreuse ? »

« J'en avais fait une, dit Anna en soupirant un peu ; j'ai peur que nous n'ayons troqué. »

« Je ne sache pas, dit Emma en rougissant ; mais si M. Pemberton la remplace, il n'y a rien de perdu. »

« Il y a cependant de la différence, reprit Anna. A propos, nous allons ce soir au spectacle ; M. Pemberton viendra avec nous, c'est un jeune homme à la mode, il n'y a rien de plus agréable. Il faut que je m'en aille. Vous viendrez nous voir, n'est-ce pas ? » et elle s'en allait sans laisser son adresse. Emma la lui demanda, et se promit de remplir ce devoir comme on remplit un devoir.

CHAPITRE VI.

« Ils sont dans une misère affreuse, » dit à sir Harry le domestique qui ouvrait la portière tandis qu'Emma attendait lady B** avec qui elle allait monter en voiture, et qu'Auguste attendait près d'elle pour donner le bras à lady B★★★.

« De qui parlez-vous ? » demande Auguste, et le domestique lui apprend les malheurs d'une pauvre famille qui avait habité dans le voisinage de sir Harry : le mari, qui était menuisier, avait même travaillé dans son château; mais depuis quelque temps des infortunes de tous genres les avaient assaillis.

« Le feu prit avait pris à leur maison et l'avait consumée en entier avec tout ce qu'ils possédaient. On leur avait composé dans le pays une somme suffisante pour se rendre à Londres, où on leur faisait espérer de l'ouvrage; ils y étaient depuis six mois sans en avoir trouvé. Ils ont mangé tout ce qu'ils avaient, poursuivit le domestique; la femme vient d'accoucher, de plus, elle

6.

est malade. Le mari s'est cassé la jambe hier; on veut les chasser d'un galetas qu'ils ne peuvent payer. J'ai rencontré ce matin, ajoute-t-il, la petite Molly leur fille, la pauvre enfant pleurait; elle était si changée que je ne l'ai pas reconnue. »

Sir Harry fit un signe de tête et oublia bientôt ce qu'il avait à peine écouté. Auguste demanda l'adresse; Emma l'entendit, et le lendemain à onze heures, elle se trouva à la porte de la boutique par où l'on entrait chez le malheureux menuisier. Auguste en sortait; il montait en voiture, et ne vit point Emma. Elle porta machinalement la main à son voile, mais en s'avançant, elle reconnut madame Carrers dans le fond de la voiture; elle baissa son voile, et entra dans la boutique. Elle s'appuya sur le comptoir, songea qu'elle allait porter des secours à des infortunés, et reprit courage. Elle se fit conduire dans la chambre du malade. Il vient d'en changer, lui dit-on. En effet, celle qu'occupait toute cette amille, composée du mari, de la femme et de cinq enfans, était propre, claire et saine. Tous étaient encore dans le mouvement d'un chan-

gement d'habitation. L'air du bonheur
régnait sur leurs visages, encore empreints des signes d'une longue souf-
france. Emma s'arrêta quelques instans
à la porte, pour jouir d'un spectacle
si intéressant pour elle ; ses yeux se
mouillèrent de larmes. Auguste sort
d'ici, se dit-elle ; bon Dieu ! s'il n'y
était pas venu avec Louisa Carrers !
Elle s'approcha du malade ; il souffrait
beaucoup, mais une main bienfaisante
venait de l'arracher aux angoisses de
la misère. Il voyait sa famille se réjouir
autour de lui ; ses enfans venaient de
se ranimer ; sa femme, malade seulement de besoin, reprenait la vie ; elle
était levée, et ses bras retrouvaient la
force de soutenir son enfant.

« Ce sont deux anges, madame, dit
le pauvre homme, ce sont deux anges
qui m'ont tiré de l'état où j'étais ce
matin. »

« Il était à peine jour quand ils sont
arrivés, dit la femme, et je croyais
bien que nous ne verrions pas la fin
de ce jour-là. Hier au soir, il ne nous
restait plus qu'un peu de bouillon,
qu'on nous avait donné par charité ;
pas un morceau de pain. Nous ne sa-
vons pas demander l'aumône, et pas

un de nous d'ailleurs n'en aurait eu la
force. Nous étions à demi morts de
froid. Quand j'ai dit à Molly, ce matin,
de prendre le bouillon, il s'était gelé.
A force de prières, cette pauvre enfant a obtenu de la marchande en bas
quelques charbons pour le faire dé-
geler, mais la glace avait cassé le pot,
nous ne l'avions pas vu : quand on l'a
mis sur le feu, il s'est fendu tout à
fait, le bouillon est tombé tout entier
sur les charbons. J'ai cru que Molly
en mourrait à force de pleurer; cette
pauvre enfant croyait que c'était sa
faute. Les autres criaient, je ne savais
que faire. C'est alors que sont arrivés
ces deux anges. C'est le jeune monsieur
lui-même qui a aidé le chirurgien à
transporter mon mari. Il avait été le
chercher dans sa voiture, pendant que
cette charmante dame faisait faire du
feu, payait notre terme, et faisait apporter quelque chose à manger pour
mes pauvres enfans, pour mon mari
et pour moi. »

« Oh ! maman, dit Molly, qu'elle
était belle, cette dame; c'est sa femme,
je crois. »

« Sa femme ? » dit Emma.

« Je le crois, dit la mère; ils avaient

l'air si bien ensemble! » Elle l'appelait Auguste Elle lui a dit : « Auguste, « nous prendrons soin ensemble de « cette pauvre famille , c'est vous que « je charge de veiller à ce qu'elle ne « manque de rien. » Nous les avons bénis, et mon mari leur a dit : « Mon- « sieur et madame , je souhaite que « vous soyez toujours aussi heureux « ensemble que nous le sommes aujour- « d'hui. » Cela a fait sourire la dame , et elle a regardé le jeune monsieur d'un air bien aimable. »

Des larmes de douleur se mêlèrent aux larmes d'attendrissement qu'avait fait répandre à Emma le récit de la pauvre femme. Elle voulut surmonter une faiblesse qui lui parut coupable : est-il permis de pleurer sur le bonheur de l'infortuné ! Ils ont été bénis en- semble , dit-elle : Louisa Carrers est bien heureuse ! mais elle le mérite. Voyons s'il reste quelque bien à faire, du moins n'aurai-je pas négligé la seule part de bonheur qui puisse me revenir. Elle s'approche de la pauvre femme , dont l'enfant dor- mait sur ses genoux, elle s'assied près d'elle.

« Il dort bien profondément , dit-elle

d'une voix douce et tremblante ; il a l'air bien fort. »

« Il l'était bien davantage quand il est venu au monde, reprend la mère ; il a été mal nourri ; mais à présent, dit-elle avec l'air du bonheur, en le baisant doucement sans le réveiller, il va retrouver sa suffisance. »

« Il a manqué de bien bonne heure du nécessaire, dit Emma ; mais il faut que ce soit un préservatif pour l'avenir ; je serai toujours bien assez riche pour le garantir de la misère, je l'adopte. »

« Bonne, généreuse dame ! dit la mère en joignant les mains ; qui m'eût dit, quand il vint au monde, qu'il trouverait tant de protections ! Je vous remercie de votre bonté, ajoute-t-elle, mais il n'est plus à moi, ils me l'ont demandé. La dame l'a demandé la première ; le jeune monsieur disait qu'il voulait s'en charger. « Hé bien, qu'il « soit à nous deux, a dit la dame, je « ne l'en aimerai que mieux. Bonne « femme, m'a-t-elle dit, soyez tran- « quille sur le sort de votre enfant ; « Auguste et moi nous assurerons son « existence, et c'est moi qui le ferai « élever. »

Emma se tut, elle leva les yeux au ciel, et ne les baissa que lorsqu'elle eut repoussé dans son cœur les larmes dont ils se remplissaient malgré elle.

« Je ne puis donc rien faire pour vous, dit-elle avec un soupir, je vois qu'on m'a prévenue. »

La pauvre femme baissa les yeux ; Emma vit qu'elle hésitait. Qu'il est heureux celui qui peut épargner à l'infortuné l'embarras de la demande !

« Croyez-vous, dit-elle, que votre mari soit jamais en état de travailler ? »

« Hélas ! madame, sa jambe était déjà si affaiblie ! Le chirurgien dit qu'il ne pourra guère marcher sans béquille. »

« Et vos enfans ? »

« Il faudra que je les nourrisse de mon travail ; et quelles que soient les bontés du jeune monsieur et de sa charmante femme, je ne sais comment je pourrai venir à bout de les soutenir, ainsi que mon pauvre mari. »

Les yeux d'Emma et ceux de la pauvre femme se portèrent en même temps sur Molly, qui n'avait pas cessé un instant, soit de servir son père, soit de ranger la chambre ou de soigner les autres enfans, tous plus jeunes qu'elle.

« Quel âge a-t-elle ? » demanda Emma.

« Quatorze ans, madame. »

« Elle a l'air bien doux et bien actif. »

« Oh ! madame, c'est la meilleure enfant ! elle fait tout le tracas du ménage. »

« Vous ne pourriez consentir à vous en séparer ? »

« Hélas ! madame, nous autres pauvres gens, nous n'élevons nos enfans que pour les voir s'éloigner de nous; trop heureux quand ils tombent en de bonnes mains. »

« Voulez-vous me la confier ? elle servira une jeune personne dont je dois faire l'éducation ; je veillerai sur elle comme si elle était ma fille, et si elle se trouve bien avec moi, je vous promets, quel que soit mon sort, que nous partagerons le peu que je posséderai.. »

« Dieu vous rende ce que vous faites pour nous ! s'écria la pauvre femme transportée. Quoiqu'elle me soit bien utile, madame, emmenez-la tout de suite, si cela vous fait plaisir. »

« Non, dit Emma, je ne veux pas vous en priver; d'ailleurs, il me faut le consentement de la personne dont je dépends, mais je ne doute pas de l'obtenir ; envoyez-moi Molly dans quelques jours, je la lui présenterai. »

En effet, lady B*** avait communiqué à Emma le projet de prendre, pour servir sa nièce, une jeune fille qui ne s'éloignât pas trop de son âge. Quelques personnes sévères reprocheront peut-être à Emma d'avoir fait tomber son choix sur une famille déjà comblée des bienfaits d'Auguste et de Louisa, et dont aucun individu ne pouvait manquer de subsistance. Mais Auguste n'avait-il pas adopté Jack? Jack n'était-il pas le frère de Molly ? Quelles alliances, que de rapports, quelles communications pouvaient s'établir ! Peut-être Emma ne songeait-elle pas à tout cela. Je le crois ; mais elle n'avait pas besoin d'y songer pour agir en conséquence. Quand on vous dira : Cette femme a donné son cœur, ne demandez point le motif de ses actions ; c'est pour cela qu'elle va à droite, qu'elle va à gauche, fait le bien, fait le mal, et rit souvent le matin de ce qui la fera pleurer le soir.

La pauvre femme se livrait aux transports de sa joie ; elle avait conté à Emma toute son histoire : c'était par bonne amitié qu'elle avait épousé le pauvre Tom, il y avait quinze ans, Dieu merci; jusqu'au moment où leur maison avait brûlé, on les avait appelés *Tom de bonne humeur* et Débora *la joyeuse*. Aussi l'ouvrage, Dieu merci, ne leur manquait pas; ils avaient travaillé pour de grands seigneurs. L'intendant de mylord G★★★ leur avait fait faire des choses superbes dans sa maison de campagne. Assise auprès d'elle, Emma l'écoutait et lui répondait avec l'air du plaisir et de l'intérêt. C'était presque le seul bienfait qui fût en son pouvoir, mais ce n'est pas le moins précieux pour le malheureux qu'on oblige. La femme du menuisier jugea que la politesse exigeait qu'elle s'occupât à son tour de ce qui pouvait intéresser Emma.

« Madame a parlé tout à l'heure d'éducation, dit-elle en s'arrêtant pour s'admirer, après avoir prononcé un mot d'aussi longue haleine; mais elle me paraît beaucoup trop jeune pour que ce soit miss sa fille. »

« Je ne suis point mariée, » dit Emma.

« Cela viendra sûrement bientôt. »

« Je ne le sais pas, je ne le crois pas, » reprit Emma.

« Tenez, madame, si vous me permettez de le dire, sans sa charmante femme, je ne vous souhaiterais pas un autre mari que ce jeune monsieur de ce matin ; cela ferait un si beau couple ! Mais tout ne s'arrange pas comme cela ; d'ailleurs il est bien pourvu, et paraît bien content de ce qu'il a. Oh ! madame, ils font plaisir à regarder. Je voudrais vous voir de même avec quelqu'un qui lui ressemblât, et je ne demanderais plus rien au ciel. »

Emma ne put répondre que par un signe de tête. Pauvre Emma ! les bénédictions de l'infortuné avaient porté la douleur dans son ame. Elle se leva, et sortit en leur laissant son nom et son adresse. En entrant dans la boutique, qu'il fallait traverser, elle trouva M. Harriot occupé à quelques emplettes qu'il paraissait avoir commandées le matin. Elle ne le reconnut pas d'abord, mais il s'avança vers elle d'un air surpris.

« Miss Courtney ! dit-il, qui pouvait s'attendre à un pareil bonheur ! »

Emma le salua en rougissant beaucoup ; et comme elle se préparait à sortir :

« Il me semble, miss Courtney, dit-il, que vous n'êtes pas venue ici pour ne rien acheter. »

« Non, dit-elle fort embarrassée, j'avais affaire là-haut. »

« Et vous vous en allez..... toute seule ? » dit-il en regardant autour d'elle comme pour chercher la personne qu'il supposait devoir l'accompagner.

« Oui, » dit-elle.

« Je suis au désespoir de n'avoir pas ma voiture ; mais vous me permettrez au moins de vous offrir mon bras. »

« Vous êtes trop bon, dit Emma, je serais bien fâchée de vous déranger. »

« Point du tout, j'ai fini ; mistriss Campbell, vous ferez porter cela chez moi, » et il se préparait à sortir avec Emma.

« Non, dit-elle, absolument, j'ai beaucoup de courses à faire. »

« Raison de plus, miss Courtney. » Il voulait prendre son bras.

« Non, non, je vous remercie. »

« Hé bien , miss Courtney , vous ne pourrez me défendre au moins de prendre le même chemin que vous; je marcherai de l'autre côté de la rue, mais je ne pourrai jamais me résoudre à vous laisser aller seule; à moins cependant, reprit-il, à moins que ce ne soit..... une indiscrétion. »

« Ce serait un peu tard s'en aviser, » dit Emma en souriant ; elle vit qu'il n'y avait plus moyen de reculer, et accepta , malgré le besoin extrême qu'elle avait de se trouver seule. Trois mois plus tôt elle n'eût pu se soumettre à une pareille contrainte ; mais maintenant exercée au malheur, elle avait accoutumé son ame à tout supporter sans se démentir ou se trahir. Lorsqu'ils furent dans la rue, M. Harriot recommença ses doléances sur ce qu'il n'avait pas sa voiture.

« Mais, dit-il, pouvait-on imaginer qu'on vous laissât revenir seule, à pied ? »

« Eh, bon Dieu! pourquoi pas? » reprit Emma.

« On aurait pu au moins vous reconduire une partie du chemin. »

« Et qui, monsieur ? » dit Emma, qui commençait à s'impatienter.

« Miss Courtney ne demande sûrement pas que je lui apprenne ce qu'elle doit savoir mieux que moi ? »

« Ce que je dois savoir mieux que vous, monsieur ? je vous prie en grace de vous expliquer. »

« Oh ! dit M. Harriot en ricanant, la question ne peut être sérieuse. »

« Je vous demande pardon, monsieur, reprit Emma, excessivement choquée ; c'est très-sérieusement que je vous prie de vouloir bien m'apprendre ce que je dois savoir mieux que vous, et quelle est cette personne sur laquelle je devais compter pour me ramener. »

« Hé bien, miss Courtney, dit-il en la regardant fixement, c'est celui qui a passé sur les neuf heures et demie par la boutique de mistriss Campbell. »

Emma demeura pétrifiée ; ce ne pouvait être qu'Auguste, et c'était lui en effet. Il avait été chercher le chirurgien, et cet homme ne pouvant venir tout de suite, Auguste lui avait laissé sa voiture ; il avait traversé la boutique comme un endroit qu'il connaissait déjà.

« Quoi ! tout seul ? » avait demandé à la marchande M. Harriot, qui se trouvait alors dans cette même boutique.

« Non, il est avec une femme, » répondit mistriss Campbell, qui avait d'autant moins d'envie de s'étendre sur ce sujet, qu'Auguste et madame Carrers n'avaient pu s'empêcher de lui témoigner un peu de surprise sur la dureté avec laquelle elle avait exigé du pauvre menuisier ce qu'il lui devait pour la location du misérable galetas qu'il occupait dans sa maison, et lui avait refusé jusqu'aux moindres secours.

« Elle est jolie ? » demanda M. Harriot.

« Je n'ai pu la bien voir, dit la marchande, elle avait un grand voile sur son chapeau. »

Lorsqu'Emma fut revenue de sa première surprise, elle ne voulut point se laisser condamner sans appel.

« Vous voulez apparemment parler de M. Harley, » dit-elle.

« C'est vous qui l'avez nommé, madame, » répondit M. Harriot en s'inclinant.

« Il sortait au moment où je suis entrée, » reprit froidement Emma.

« Je conçois qu'il ait cherché à fuir, » répliqua M. Harriot.

« Mon voile était baissé, dit-elle, je ne crois pas même qu'il m'ait vue. »

« Oui, c'est ce que m'a dit mistriss Campbell. »

Sans le ton dont elles étaient prononcées, ces paroles auraient dû rassurer une conscience pure.

« M. Harriot, lui dit-elle, vous pouvez demander à mistriss Campbell de vous conduire au lieu du rendez-vous. Vous verrez, si vous vous obstinez à croire que je l'aie donné, de quelle nature il devait être. »

« Ah! madame, reprit M. Harriot du ton le plus moqueur, c'est aussi me supposer par trop indiscret. »

Emma était au désespoir. Il n'y avait pas moyen de s'expliquer. M. Harriot la regardait avec l'air de triomphe d'un homme qui la croyait en son pouvoir. Elle ne savait que devenir, quand, en passant devant une assez grande maison, M. Harriot dit :

« C'est ici que loge madame Morton. »

« Ah! mon Dieu, dit Emma, enchantée, je ne l'ai pas vue depuis son arrivée, il faut que j'y entre; » et déjà

elle saluait M. Harriot, quand celui-ci
reprit :

« J'y allais aussi, miss Courtney,
quand j'ai eu le bonheur de vous rencontrer. »

Il fallut se résoudre à monter encore
l'escalier avec lui ; mais au moins elle
se flattait de respirer quand elle serait
en présence de madame Morton et de
ses filles. Elle fut reçue froidement par
madame Morton. Anna témoigna sa
surprise de ce qu'Emma était arrivée
avec M. Harriot. Celui-ci s'empressa de
reprendre la parole.

« J'ai eu l'honneur de rencontrer
miss Courtney dans une boutique, et
elle a bien voulu me permettre de
l'accompagner jusqu'ici. » En achevant
ces mots, il regarda Emma, comme
pour lui faire remarquer sa discrétion.
Elle n'était pas disposée à lui en faire
un mérite, elle détourna les yeux avec
l'expression du dédain. L'instant d'a-
près, M. Harriot s'approcha d'elle avec
la confiance d'un homme qui vient
d'acquérir des droits.

« Miss Courtney, dit-il, vous me
permettrez, j'espère, d'aller vous présenter mes hommages, et de continuer
une connaissance commencée, et re-

'nouvelée sous les auspices de madame Morton. »

« J'en serais infiniment flattée, monsieur, reprit froidement Emma, s'il m'était possible de vous recevoir chez moi ; mais habitant la maison de lady B*** ; je suis forcée de me priver de cet honneur. »

« Cela ne me paraît nullement une conséquence, » répondit M. Harriot. Emma allait répliquer, mais madame Morton prenant la parole avec beaucoup d'humeur :

« Certainement, dit-elle, miss Courtney, voilà une exagération ; vous ne nous persuaderez pas que lady B*** vous demande de vous séquestrer entièrement. »

« Je ne sais, madame, ce qu'elle me demanderait, ou même si elle penserait à me rien demander à cet égard, mais, excepté celles des personnes de ma famille qui voudraient bien se souvenir de moi, j'ai cru devoir me prescrire de ne voir absolument que la société de lady B***.

« Mais, dit M. Harriot, est-il si impossible de se faire présenter chez cette lady B*** ? »

« Je l'ignore, reprit Emma. Mais

n'étant pas chez lady B*** sur le pied
d'amie, ni même de connaissance, je
ne puis prétendre à influer sur le choix
de ses sociétés. »

« Ainsi donc, miss Courtney, c'est
un refus? » dit M. Harriot d'un ton de
suffisance. Emma s'inclina sans rien répondre ; et M. Harriot, s'approchant
de madame Morton, lui dit assez haut
pour qu'Emma l'entendît :

« Ni sur le pied d'amie, ni sur le
pied de connaissance, il ne reste plus
guère que celui de femme-de-cham-
bre. »

Emma sourit dédaigneusement, et
madame Morton parut prodigieuse-
ment embarrassée. Enfin M. Harriot
s'étant assis près d'elle, elle lui répondit plus bas, mais Emma l'entendit
encore.

« Miss Courtney a trouvé qu'il serait
très-intéressant de se faire demoiselle
de compagnie de lady B***. Elle a jugé
cela plus héroïque que de rester tout
platement avec sa famille. »

Emma rougit d'indignation, mais
ne jugea pas qu'il valût la peine de
répondre.

« J'entends, » reprit M. Harriot d'un
air ironique et satisfait.

Emma aurait bien voulu ne pas s'en aller avant que M. Harriot fût parti; mais lady B*** dînait de bonne heure, jamais Emma ne s'était fait attendre; c'était un de ces petits devoirs auxquels elle se gardait bien de manquer, afin qu'on ne l'en fît pas souvenir. Elle choisit le moment où M. Harriot causait avec M. Delby, elle prit congé de la famille et partit. Mais à peine fut-elle dans la rue, qu'elle vit accourir M. Harriot, qui, s'emparant de son bras avant qu'elle eût eu le temps de s'en défendre, lui dit :

« Au moins, miss Courtney, vous ne m'empêcherez pas de jouir de votre présence autant qu'il me sera possible. »

« Il est à croire cependant, monsieur, reprit très-sérieusement Emma, en marchant fort vîte et cherchant à dégager sa main, que si je vous priais de vouloir bien me laisser continuer mon chemin toute seule..... »

« Cela serait inutile, dit-il, en la retenant; je suis très-décidé à ne rien laisser échapper du peu que je puis obtenir. »

« Vous êtes bien le maître, reprit Emma avec beaucoup de dédain, d'appeler cela obtenir. »

« Je crois, en effet, que l'heureux Harley n'a pas besoin de ruses. »

Emma aima mieux s'exposer à tout que de laisser passer une pareille insolence.

« Je ne sais, monsieur, dit-elle, ce qui peut donner lieu à de pareils propos. »

« Miss Courtney ! » reprit-il, en la regardant, comme pour dire : « Ménagez-moi. »

« Monsieur, dit-elle fièrement, ayez la bonté de vous expliquer. »

« Croyez-moi, miss Courtney, sachez-moi gré de ma discrétion, et ne cherchez pas à la tenter. »

« De la discrétion ! monsieur, si vous la croyez nécessaire, je n'en veux point ; veuillez bien me répondre, dussiez-vous répéter à tout le monde ce que vous me direz. »

« Non, charmante Emma, je garderai mon secret ; c'est un droit que, malgré vous, je veux conserver à votre reconnaissance. »

« Quelle indignité ! » s'écria-t-elle, en faisant un violent effort pour dégager son bras. Mais de la main qui lui restait libre, il retint celle d'Emma.

« Charmante colère ! dit-il, adorable créature ! »

« Laissez-moi, monsieur, laissez-moi, dit Emma violemment agitée ; qui peut, dans ma conduite, vous avoir donné le droit de me traiter ainsi ? »

« Vos rigueurs, divine créature ; accordez-moi un regard favorable, et je deviens le plus humble, le plus soumis de vos esclaves. »

Emma le regarda avec un mépris impossible à dépeindre.

« Je vois, reprit-il, avec quelle répugnance vous m'accordez la faveur de vous accompagner, mais je n'y puis renoncer qu'à une seule condition : c'est que vous me promettiez de me recevoir chez vous. »

Emma détourna la tête sans rien répondre.

« Vous accédez au traité, charmante personne, votre silence me le dit ; mais un mot, un seul mot. »

Emma retourna la tête, et un regard pareil au premier porta sa réponse à M. Harriot.

« Est-ce là, miss Courtney, votre seule manière de répondre ? » Emma n'ouvrit pas la bouche. « Dans ce cas, la promenade pourra être longue, je suis déterminé à ne vous pas laisser aller que vous ne m'ayez fait la faveur de me parler, de m'accorder ce que je vous demande. »

Emma fit un nouvel effort pour retirer son bras, mais il la retint.

« Je connais miss Courtney, dit-il du ton de la plus insultante raillerie, elle a des manières trop décentes, elle tient beaucoup trop aux apparences, pour se permettre une esclandre qui ameuterait le peuple. Nous voilà tout près de Kensington, ajouta-t-il, j'espère que miss Courtney voudra bien me faire la grace d'y venir avec moi faire un tour de promenade, et me donner quelques-uns de ces doux momens qu'elle a passés avec mon trop heureux rival. »

Emma ne parut point l'avoir entendu; mais se trouvant alors précisément vis-à-vis la porte de lady B***, que M. Harriot ne connaissait pas, elle saisit le marteau, frappe un coup violent, la porte s'ouvre, un domestique paraît; et M. Harriot, forcé de lâcher son bras, la voit entrer dans la maison sans qu'elle daigne lui jeter un dernier témoignage du profond mépris qu'il lui avait inspiré.

CHAPITRE VII.

On ne sera peut-être pas fâché de
connaître quelques particularités an-
térieures, relatives au nouveau personnage qui vient de passer sur la scène.
Né au sein de la bassesse, M. Harriot
avait été dans son jeune âge le plus
robuste, le plus taquin et le plus pol-
tron des enfans d'un village situé vers
le nord de l'Angleterre. D'après ces
indices caractéristiques, le ministre du
lieu, homme profond, et qui se piquait
de ne rien voir comme les autres, dé-
cida que le petit Jemkins (c'était le
nom que portait alors M. Harriot),
deviendrait un homme prodigieux, et
se chargea en conséquence de développer ses talens par l'instruction.
Apprendre sous le ministre, c'était
précisément le moyen de mal savoir ;
mais c'en était assez pour en imposer
à ceux qui ne savent rien du tout. A
dix-huit ans, non seulement parmi ses

égaux, mais parmi les gentilshommes
grands chasseurs de renards qui com-
posaient le voisinage, Jemkins passait
pour la lumière du siècle. A vingt-un
ans, il perdit son père, et gagna la
succession de son oncle. Cet oncle,
qui, dans sa jeunesse, avait passé aux
Isles parce qu'il ne trouvait pas à gagner sa vie en Angleterre, y était devenu, à force d'intrigues, regisseur
de l'habitation d'un homme riche qui
négligeait ses affaires. Il avait si bien
travaillé pour le compte des autres,
qu'il s'était mis en état de travailler
ouvertement pour le sien, et d'acheter
l'habitation qu'il avait régie ; et vers
l'âge de soixante ans, possesseur d'une
fortune considérable, il avait repassé
dans son pays natal pour y déposer
cette fortune et son dernier soupir,
entre les bras de son neveu Jemkins.

Jemkins songea bientôt à quitter un
pays où il n'avait plus tant d'esprit
depuis qu'il était devenu si riche ; où
d'ailleurs ses voisins se rappelaient continuellement mille détails qu'il aurait
jugé plus convenable d'oublier. D'ailleurs, la fille du ministre qui avait
élevé son enfance, séduite par lui dans
des temps moins prospères, ne lui pa-

7.

raissait plus une conquête digne de
ses soins, et pouvait commencer à l'en-
nuyer bientôt de ses reproches. Il s'é-
loigna donc, plaça sa fortune, changea
son nom, mais sans changer de goûts,
de mœurs ni de caractère. Il pensa
qu'un gentilhomme comme lui devait
voyager, et trouverait par tout pays
ce qui lui convenait, des gens moins
riches et plus bas que lui à dominer
par son insolence, et des femmes aussi
ridicules à séduire par les airs et le
jargon qu'il prit bientôt près d'elles.
Il parcourut la France, l'Italie et l'Al-
lemagne, uniquement occupé à se con-
firmer dans la brillante idée qu'il avait
conçue de ses talens pour la séduction,
et les soutenant par une habitude de
petites machinations sourdes et obs-
cures, qu'il devait aux besoins de sa
situation passée. Il choisit les aven-
tures les moins périlleuses, en termina
beaucoup et ne trompa personne, parce
qu'il s'était adressé à ces femmes qu'on
ne trompe point. Enorgueilli de quelques conquêtes qui n'étaient pas précisément de celles qu'on achète, il se
crut un petit Lovelace, et revint, au
bout de six ou sept ans, en Angleterre,
décidé à imiter ce grand modèle en

tout ce qui ne dérangerait pas un sys-
tème de prudence dont faisait un devoir à M. Harriot le prix qu'il attachait
à la conservation de sa personne.

Il vit Emma à la noce de M. Delby;
la noblesse de son maintien, l'air de
dignité qui se faisait remarquer dans
toutes ses actions, lorsque rien ne troublait la tranquillité de son ame, ins-
pirèrent à M. Harriot le desir de la
réduire et de l'abaisser. C'était là l'idée
à laquelle il souriait avec le plus de
plaisir. Le sentiment de préférence
qu'elle laissait apercevoir pour Auguste ne fit que l'animer davantage :
il détestait dans Auguste, sans le connaître, un homme en qui il avait entendu louer sans cesse des sentimens
dont M. Harriot n'aimait pas à entendre
faire l'éloge. Il les suivit dans le jardin
au moment où ils y descendirent ensemble. Séparé d'eux seulement par
une légère charmille, il entendit une
partie de leur entretien, et présuma
le reste à sa manière. Maître désormais
du secret d'Emma, il se crut en état
de lui faire la loi; et apprenant que
peu de temps après elle était partie
pour Londres, il ne doutait pas qu'il
ne trouvât chez madame Morton les

occasions de la voir. La rencontre chez
mistriss Campbell enfla ses espérances ;
les dédains d'Emma l'irritèrent vivement, il jura de la punir, et ne songea
plus qu'à chercher dans son esprit les
moyens de parvenir jusqu'à elle. Laiss-
sons-le y rêver, et tâchons de l'oublier
quelques instans, comme le fit Emma
lorsqu'elle fut parvenue à calmer les
mouvemens d'indignation que lui avait
fait éprouver son insolente conduite.

Trois jours après, Auguste reparut
chez lady B*** ; il y était venu plusieurs fois depuis son arrivée. Désormais préparée à le voir, Emma avait
appris à contenir des émotions qu'elle
ne pouvait plus, sans se démentir,
laisser paraître à ses yeux. Auguste
entra rayonnant de joie, et s'approchant d'Emma avec empressement :

« J'ai revu nos protégés, dit-il ; vous
avez voulu, miss Courtney, ajouter
pour moi un charme inexprimable au
bonheur de secourir des malheureux. »

Emma le comprit bien vîte. « Ah !
dit-elle en soupirant, vous ne m'avez
rien laissé à faire. »

« Rien ! miss Courtney ; vous n'avez
pas vu aujourd'hui, comme moi, toute
cette famille : le père, la mère, ne

parlent que de leur charmante protéc-
trice, et Molly mourra d'impatience,
je crois, avant d'appartenir à cette
bonne, à cette belle dame, qui you-
lait aussi prendre soin de son petit
frère. »

« Vous savez donc, dit-elle en s'ef-
forçant de sourire, le refus que j'ai
éprouvé ? »

« Oui, reprit Auguste ; ils ont trouvé
moyen de me donner des regrets. »

« Ils ne vous connaissent que sous
le nom d'Auguste, dit Emma, cherchant à détourner une conversation
qui pouvait l'affecter trop vivement ;
ils le joignaient continuellement à l'expression de leur reconnaissance pour
cette première dame qui leur avait
apparu comme un ange sauveur. »

« Et savez-vous qui elle est, cette
première dame ? »

« Oui, dit Emma en faisant un effort
sur elle-même, je vous ai vu tous deux
comme vous sortiez ensemble. »

« Que je suis malheureux de ne vous
avoir pas vue ! » dit Auguste avec l'accent du regret. Puis il ajouta, en baissant un peu la voix : « Vous m'auriez
permis de rentrer avec vous, ils au-

raient aussi joint mon nom à celui d'Emma. »

Emma rougit. Auguste poursuivit : « Ne pourrais-je retrouver ce bonheur que j'ai laissé échapper ? Miss Courtney leur a promis de revenir les voir, je le leur ai promis de même, ne pourrions-nous pas accomplir en même temps cette double promesse ? »

Quel moment pour Emma ! c'était ce qu'elle avait le plus desiré; mais elle se rappelait les soupçons de M. Harriot, ceux d'Anna : si on les voyait entrer ou sortir ensemble ! Elle hésitait et baissait les yeux. Auguste parut affligé de son incertitude.

« Si ma proposition, dit-il, ne vous semble pas convenable, rien ne vous oblige à l'accepter; mais je n'avais pas cru qu'elle pût vous déplaire. »

« Hé bien, je l'accepte, répondit-elle timidement, si je puis engager lady B★★★ à faire aussi cette visite.

« Lady B★★★ ! s'écria Auguste extrêmement surpris; à quoi bon tant de précautions ? je n'aurais assurément pas imaginé que miss Courtney pût craindre quelque chose.... »

« Craindre ! répéta Emma en le regardant avec un doux sourire; que voulez-vous que je craigne ? rien de vous, Auguste ; mais tout des autres. »

« Mais, que pourraient-ils blâmer dans une démarche aussi simple, aussi naturelle ? »

« Ecoutez, lui dit-elle, vous ne voyez jamais que ce que j'étais autrefois; vous supposez toujours entre nous une égalité de situation.... » Auguste tressaillit et voulut répondre. « Ecoutez-moi, dit-elle en souriant, et ne vous affligez pas plus que je ne m'afflige. S'il y a quelque différence aux yeux du monde, il n'y en a pas aux vôtres, aux miens ; n'est-ce pas là tout ce qu'il nous faut ? Mais je dois m'occuper de ce que penseront les autres ; l'état que j'ai embrassé exige, non pas seulement des mœurs pures, non pas seulement de la prudence, mais une grande sévérité ; je réponds de ma conduite à d'autres qu'à moi ; une démarche telle que celle-là serait une marque d'intimité. C'est son meilleur ami, ajouta-t-elle en rougissant et baissant la voix, que l'on choisit pour l'associer à un acte de bienfaisance. »

« Emma, dit Auguste, vous me l'avez promis tant de fois ! »

« Et je tiendrai ma parole, dit-elle

en souriant; mais cette amitié que je ne désavouerai jamais, n'en demandez que des preuves qui me laissent au-dessus des soupçons. »

En trouvant ces précautions un peu exagérées, Auguste se soumit, et il fut convenu que comme lady B*** avait témoigné le projet d'aller visiter aussi cette pauvre famille, dont Emma l'avait entrenue, Emma tâcherait que ce projet se réalisât le lundi suivant.

Cependant Auguste paraissait rêveur; Emma craignait qu'il n'eût conservé quelque mécontentement. Il l'écoutait, la regardait sans rien dire; tout d'un coup il l'interrompt, et sans lui répondre :

« J'avais résolu de ne pas vous en parler, dit-il, mais qui peut résister près de vous ! »

« De quoi ? » demande Emma avec empressement,

« D'une nouvelle que j'ai reçue ce matin, d'une bien heureuse nouvelle! d'une espérance, poursuit-il en hésitant, à laquelle je croyais devoir renoncer, et qui commence à renaître. »

« Bon Dieu ! » dit Emma, dont le cœur commençait à battre bien fort.

« Un obstacle, que je croyais insurmontable, paraît vouloir s'applanir. »

« Que dites-vous? reprit Emma, sans connaître le sens des mots qu'elle prononçait; cet obstacle..... Quoi! mistriss Carrers..... »

« Que voulez-vous dire, Emma? est-ce que mistriss Carrers le saurait? lui en auriez-vous parlé? »

« Non, non, dit Emma qui commençait à revenir de son trouble, je n'en ai parlé à personne. Mais, dit-elle vivement, expliquez-moi ce mystère, ces espérances..... tout ce qui vous intéresse, » ajouta-t-elle en baissant les yeux.

« Je ne le puis encore, Emma, reprit Auguste d'un ton aussi tendre que pouvait le lui permettre sa position au milieu d'un salon rempli de monde. Peut-être que me sera-t-il jamais permis de vous dévoiler mon secret tout entier. Mais, ajouta-t-il avec timidité, si quelque jour je puis vous assurer que ce terrible secret n'est plus rien pour moi, qu'il ne me soumet plus à des entraves cruelles; si je puis vous jurer sur mon honneur que mes vœux sont libres, qu'il m'est permis d'aspirer à la félicité suprême ..... »

« Un mot de vous suffira pour me

convaincre, et je consentirai sans peine
à ignorer toute ma vie un secret qui ne
vous intéressera plus. »

« Ah! je n'ose encore en demander
davantage. »

« Et moi, dit Emma en souriant,
je n'attendrai pas une nouvelle question pour vous répondre, Auguste;
tant que votre amie n'a pu vous donner
que des vœux, ils ont tous été pour
votre bonheur. »

Elle se leva alors, s'apercevant qu'Anna, qui l'était venue voir, et que pendant quelques momens elle avait un
peu oubliée, avait cessé de causer avec
madame Carrers, et paraissait assez
attentive à l'écouter. Elle s'éloigna, le
cœur palpitant de joie et d'espérance,
sans rien imaginer sur ce qui les faisait
naître.

Auguste, le matin, avait reçu une
lettre de Pascaline. Tremblant qu'elle
ne pressât l'exécution de sa promesse,
il ne l'avait ouverte qu'avec un mortel
effroi. Mais on jugera facilement des
impressions que lui avait fait éprouver
le passage suivant de cette lettre :

« Ma mère approche du terme de son
» existence ; au malheur de la perdre,
» va peut-être se joindre pour moi ce-

« lui d'un sacrifice qu'elle me demande,
« en me présentant l'espérance de ren-
« dre sa fin moins douloureuse. Elle
« veut, avant de mourir, me voir éta-
« blie avantageusement ; elle me pro-
« pose un homme d'un âge assorti au
« mien, sa fortune est honnête, il pos-
« sède toutes les qualités qui réussissent
« à plaire ; mais suis-je en état d'en
« sentir le prix ? Ma mère me presse,
« elle ne veut que mon bonheur, mais
« elle s'abuse sur les moyens de l'as-
« surer ; et cependant jamais je ne la
« détromperai ; je n'empoisonnerai
« point ses derniers momens par la
« révélation d'un secret affreux pour
« elle. Mais je résiste autant qu'il m'est
« possible, je gagne du temps, son état
« me sert de raison et de prétexte pour
« reculer, et si à la fin, comme je trem-
« ble de le prévoir, je suis forcée de me
« rendre, je n'aurai cédé qu'au besoin
« d'assurer le repos de ma mère ; et
« croyez, mon cher Auguste, que la
« certitude d'avoir rempli un devoir
« indispensable et sacré pourra suffire
« à peine pour me faire supporter un
« si cruel sacrifice. »

Le reste de la lettre contenait beaucoup de détails sur l'établissement

qu'on lui proposait, et pour lequel, soit pénétration, soit erreur causée par ses desirs, Auguste crut remarquer en Pascaline beaucoup moins d'éloignement qu'elle ne le prétendait.

Plus pressé de lui répondre qu'il ne l'avait jamais été, il eût bien desiré l'affermir dans ses bons sentimens; mais ne le pouvant avec délicatesse, il crut devoir se contenter de louer beaucoup la piété filiale, de s'étendre sur l'intérêt et l'admiration qu'inspirait celle qui en remplissait aussi bien tous les devoirs, de ne parler de ses regrets qu'autant que cela lui paraissait indispensable, et de l'assurer, en cas qu'il lui restât quelque scrupule, que s'il se croyait engagé vis-à-vis d'elle, il la regardait comme parfaitement libre.

Plus calme, plus heureux qu'il ne l'avait été depuis près de six mois, son premier desir fut de voir Emma, le second de faire partager sa joie aux malheureux. Il alla visiter la pauvre famille; là, il entendit répéter cent fois le nom de celle qu'il adorait, il entendit vanter naïvement toutes les graces qu'elle savait donner à la bonté, il entendit les vœux que formait pour elle celui dont la voix s'élève au trône du Tout-Puissant. Quelques-uns de ces vœux atteignirent au fond de son cœur. Pénétré d'une émotion délicieuse, il vola chez lady B***; il y porta de bien douces espérances, en rapporta de plus doux souvenirs, et, pour la première fois depuis long-temps, goûta un bonheur presque sans mélange.

CHAPITRE VIII.

Il faudrait une éloquence bien rapide pour dépeindre la manière dont Anna entra dans le cabinet de madame Morton, jetant son manchon d'un côté, son schall de l'autre, et prête à battre Pompée, qui se levait sur ses pattes de derrière pour la caresser.

« D'où venez-vous, Anna ? » demanda M. Delby.

» De chez lady B***, » dit Anna en lui tournant le dos.

« Vous avez vu miss Courtney ? »

« Certainement, » dit-elle en s'asseyant à l'autre bout de la chambre.

« Miss Morton répond à peine, dit M. Harriot; il faut assurément qu'elle ait un peu d'humeur. »

« De l'humeur! dit Anna en se levant brusquement; moi de l'humeur! Voilà bien, par exemple, l'idée la plus ridicule ! »

» Oh ! reprit M. Harriot, je vois que je m'étais bien trompé. Voilà qui est fait , miss Anna , vous m'avez convaincu. »

« Anna, dit madame Delby, qui voulait finir cette picoterie, que vous a dit miss Courtney ? »

« Elle ? rien. »

» Comment, rien ? »

« Et pourvu, reprit M. Harriot, que miss Anna fût en humeur aussi causante qu'à présent, le dialogue aura été des plus vifs. »

Anna haussa les épaules.

« Mais, dites-moi, Anna, recommença madame Delby, comment se fait-il que vous ayez été chez miss Courtney pour ne lui rien dire ? »

« Est-ce que c'est chez elle que je suis allée ? »

« J'ai cru que vous veniez de nous le dire ; et chez qui donc ? »

« Chez lady B★★★. »

« Par quel hasard ? »

« Emma était chez lady B***, on m'a fait prier d'entrer ; je suis arrivée dans le salon, il était rempli de monde, dit-elle avec vivacité ; je n'ai pu parvenir à distinguer toutes les parures diffé-rentes. »

« Je vois, dit M. Harriot, que miss Morton a retrouvé la parole, mais je ne m'étonne plus qu'elle l'ait perdue pendant quelque temps. »

« Oh ! dit Anna, ce n'est pas moi, c'est miss Courtney. »

« Elle était sans doute occupée aussi d'une manière sérieuse ? » reprit M. Harriot.

« Je vous en réponds. M. Harley est venu s'asseoir à côté d'elle. »

« Je comprends, dit M. Harriot avec un rire sardonique ; la conversation était sûrement des plus intéressantes. »

« Je vous assure qu'elle y était bien attentive. »

« Et vous ne pouvez savoir ce qui en faisait le sujet ? »

« Oh ! pardonnez-moi, je l'ai bien entendu ; il y a un secret entre eux. »

« Je le crois bien, » dit M. Harriot.

« Non, dit Anna, c'est un secret qu'Emma ne sait pas. »

« Que voulez-vous dire, miss Morton ? »

« Je vous dis qu'Emma ne le sait pas, et que madame Carrers le sait. »

« Madame Carrers le sait ! » s'écria M. Harriot.

« Oh bien, reprit Anna, il ne faut pas le dire à madame Carrers; c'est bien l'un ou l'autre, mais je ne sais pas précisément lequel des deux. »

« Et vous en êtes sûre ? » demanda M. Harriot.

« Je vous dis que je l'ai entendu, reprit Anna; ensuite elle s'est levée, elle a changé de place, et M. Harley s'est éloigné sans me dire une seule parole. »

Anna recommença à bouder; M. Harriot paraissait pensif.

Anna se mit à rire de la mine préoccupée de M. Harriot, puis à bouder encore de l'indifférence d'Auguste, puis à se consoler en racontant à Sarah les parures qu'elle avait vues chez lady B***; et M. Harriot sortit bientôt en songeant à ce secret qu'ignorait Emma, et dans lequel madame Carrers se trouvait être pour quelque chose.

Le dimanche matin, Emma revenait de l'église; on lui remet une lettre, elle s'arrête pour la lire dans la pièce qui précédait le cabinet de lady B***. La lettre était sans signature, l'écriture lui en était parfaitement inconnue. Voici ce qu'elle contenait :

« M. Harley vous trompe, ou peut-
« être il est trompé lui-même. Madame
« Carrers ourdit une trame horrible,
« j'ignore à quel point celui qui vit
« avec elle dans une liaison scandaleuse
« peut être son complice; le hasard seul
« m'a fait connaître cette intrigue, un
« sentiment d'honneur me porte à vous
» la révéler; mais je ne puis la révéler
« qu'à vous seule. Sans crainte pour
« moi, je frémis en pensant aux effets
« qui résulteraient pour vous de la plus
« légère indiscrétion. Venez donc ab-
« solument seule au lieu que je vous
« indiquerai, et ne redoutez rien. C'est
» au milieu des malheureux que vous
« avez secourus que je veux vous entre-
« tenir. Vous y serez protégée par vos
« vertus et vos bienfaits. Trouvez-vous
« demain à midi chez le menuisier Ben,
« j'y serai; vous apprendrez un affreux
« mystère; mais, au nom de tout ce qui
« vous intéresse, gardez le plus profond
« secret, ne montrez cette lettre à qui
« que ce soit au monde. Demain tout se
« découvrira; un moment plus tard,

« et mon zèle vous deviendrait peut-
« être inutile, mais jusqu'à demain un
« mot peut vous perdre.

« *P. S.* Apportez cette lettre avec
« vous, elle vous sera peut-être néces-
« saire. Je vous le répète, venez de-
« main, je vous attendrai ; et si vous ne
« venez pas demain, je reviendrai tous
« les jours jusqu'à ce que je vous aie
« vue, ou que j'aie perdu tout espoir
« de vous servir. »

« Quelle horreur ! s'écria Emma en
laissant tomber la lettre. Un secret....
un affreux secret !..... Auguste ! Louisa
Carrers ! Louisa Carrers ourdir une
trame ! Cela n'est point ; celui qui peut
accuser Auguste ne mérite aucune confiance. Vil imposteur ! dit Emma en
repoussant de son pied la lettre tombée
à terre. Elle n'ira point, elle ne veut
point y aller, elle n'épiera point les
secrets d'Auguste. Il n'en saura rien,
il ne verra point cette lettre injurieuse ;
bientôt peut-être il en découvrirait
l'auteur ; et qui sait de qui elle peut
venir ? qui sait comment se laverait une
telle offense ? Emma n'exposera point
son amant aux dangers qui menacent
l'homme courageux outragé dans son

bonheur et dans la personne de son amie. Mais cet être inconnu.... il y sera. Demain, c'est lundi ; lundi, c'est le jour du rendez-vous demandé par Auguste, accordé par lady B✶✶✶ ; la demeure du menuisier, le lieu indiqué ; midi, l'heure convenue. Que faire ? » Ses idées se confondent. Elle s'assied : ses bras sont violemment tendus, ses mains jointes sont pressées entre ses genoux tremblans, sa tête est baissée sur sa poitrine ; la lettre est à ses pieds. Elle cherche à réfléchir, elle veut se décider, mais chaque moment accroît le trouble de ses pensées. La porte s'ouvre, c'est Auguste. Frappée d'une seule idée, Emma ne raisonne plus ; son amant est perdu s'il aperçoit l'odieuse lettre ; il faut la soustraire, mais comment la retrouver ? Ses yeux égarés la cherchent autour d'elle ; ils la découvrent, et Auguste, arrivé tout près d'Emma, la voit pâle comme la mort, et respirant à peine, ramasser et cacher dans son sein le billet fatal. Il s'arrête interdit.

« Emma, dit-il, quel trouble ! quel effroi ! et c'est moi qui vous l'inspire ! »

Le visage caché dans ses mains, Emma ne songeait point à lui répondre. Il réitère sa demande, et sa voix s'altère de plus en plus.

« Je ne cherche point à pénétrer vos secrets, dit-il d'un air contraint, mais celui-ci semble me regarder ; ma présence paraît vous avoir mise dans un état que je ne puis concevoir. Au nom du ciel, miss Courtney, daignez me développer ce mystère, il est bien affligeant pour moi. »

« Un mystère ! » dit Emma en tressaillant et levant la tête comme si elle cherchait à se rappeler quelque chose. Pénétré de l'expression douloureuse qui se peint sur tous ses traits, Auguste s'assied près d'elle.

« Emma, » dit-il du ton le plus touchant, et prenant sa main qu'elle avait laissé tomber, tandis que l'autre couvrait encore ses yeux ! « Emma, je vous en conjure, s'il vous est possible, apprenez-moi le sujet de vos peines. En serais-je coupable ? aurais-je pu vous déplaire sans le vouloir ? » Elle ne répondait point. « Mon Emma, reprit-il tristement, serait-il possible que je vous eusse offensée en vous cachant mon secret ? »

« Bon Dieu, pouvez-vous le croire ! » s'écrie Emma en joignant les mains, et laissant échapper quelques larmes; puis elle ajoute vivement : « Je ne cherche point à pénétrer vos secrets ; non, Auguste, soyez-en bien sûr, jamais je n'en voudrai savoir que ce que vous croirez pouvoir me dire. » Ensuite, après un instant de réflexion, elle lève lentement les yeux vers le ciel, appuie ses mains sur son cœur, et reprend avec force : « L'univers entier me crierait : *M. Harley vous trompe*, je ne le croirais pas. Non, non, jamais je ne le croirai. »

« Pardon, miss Courtney, dit Auguste extrêmement troublé, pardon de l'indiscrète curiosité..... »

« Ah ! dit-elle en soupirant, vous m'avez bien mal entendue. Si vous saviez !.... »

« Quoi ! miss Courtney, reprend Auguste avec instance. Quoi ! mon Emma ? »

« Rien..... ce n'est rien du tout..... un instant de faiblesse....j'y suis sujette..... je suis honteuse que vous en ayez été le témoin. »

Le visage d'Auguste avait repris les teintes les plus sombres. Il se lève et s'éloigne en la saluant d'un air froid et

contraint. Comme il était prêt à sortir,
il se retourne.

« Puis-je toujours espérer, miss
Courtney, que demain à midi, comme
nous en sommes convenus..... »

« Non, non, » interrompt Emma en
se levant avec vivacité.

« Non ? » dit Auguste surpris. Confuse, interdite, Emma reste à la même
place.

« Je ne crois pas que cela se puisse, »
dit-elle en baissant les yeux.

« Vous ne le croyez pas, miss
Courtney ? »

« Il me semble .... que lady B*** ne
s'en soucie pas. »

« Je sors de chez elle, et j'avais cru
voir au contraire..... Au reste, miss
Courtney, vous voudrez bien dans la
journée me faire donner vos ordres. »

Il sortait. Lady B*** paraît à l'autre
porte.

« A propos, dit-elle, à demain matin. »

« Cependant, mylady, miss Courtney vient de me dire..... »

« Quoi ! » dit lady B***, en regardant
Emma, qui, d'une voix qu'on entend

à peine, répond, en baissant les yeux, qu'il lui est impossible d'accompagner le lendemain lady B★★★.

« Je n'y comprends rien, dit celle-ci. Au reste, monsieur Harley, dès que miss Courtney ne le veut plus, comme je n'y allais que pour elle, nous renoncerons à notre projet. »

Auguste salue Emma d'un air très-piqué. Il sort, et pour la première fois Emma sent un mouvement de plaisir en le voyant disparaître. Mais elle restait vis-à-vis de lady B★★★. Celle-ci paraissait attendre une explication, Emma ne la donnait point. Enfin, après l'avoir regardée quelque temps en silence, lady B★★★ prend la parole.

« Il m'est difficile d'imaginer, miss Courtney, comment, après m'avoir demandé une chose à laquelle vous paraissiez attacher le plus grand prix, vous changez subitement d'avis, et, sans m'en rien dire, vous prenez d'autre, arrangemens. » Le ton de lady B★★★ annonçait un mécontentement très-marqué. Emma, les yeux baissés, ne songeait point à lui répondre. Lady B★★★ reprend :

« Il faut assurément, miss Courtney, que vous ayez demain des affaires très-

importantes. » Elle s'arrête ; Emma ne
répond rien. « Je ne vous en connais-
sais pas, mais du moins vous auriez pu
me prévenir avant de disposer de moi. »
« Au reste, ajoute-t-elle d'un ton extrêmement froid, cela m'est plus commode ; je n'y allais que pour vous faire
plaisir, et demain matin j'ai à courir
pour des emplettes. » Puis elle reprend : « Comme je suppose, miss
Courtney, que vos affaires vous empê-
cheraient de venir avec moi, je prierai
madame Carrers de me rendre ce service. »

Elle sort en achevant ces mots, et
laisse Emma dans l'état le plus douloureux. La journée fut affreuse pour elle.
Au tourment d'avoir irrité Auguste,
sans imaginer comment elle pourrait
l'appaiser et se justifier à ses yeux, à
la crainte déchirante de l'avoir éloigné
d'elle, au moment où le sort plus doux
allait peut-être les réunir, à l'horreur
qu'avait imprimée dans son ame cette
exécrable lettre, se joignait encore le
malheur d'être forcée à baisser les yeux
devant lady B***, à supporter ce ton
de froideur et de réserve, plus humi-
liant que la colère et les reproches.
C'était la première fois qu'Emma se

fût laissée humilier. A chaque instant
son ame se révoltait, mais un sentiment de justice retenait les expressions de la fierté outragée. Innocente
dans son cœur, elle sentait bien que
les apparences lui donnaient un tort
réel vis-à-vis de lady B***, un tort
qu'il n'était pas en sa puissance de
réparer.

Le lendemain matin, lady B*** sort
sur les onze heures, sans lui avoir
adressé la parole pendant tout le déjeûner. Encore incertaine sur ce qu'elle
doit faire par rapport à ce fatal rendez-
vous, Emma balance long-temps. Enfin
midi sonne, il fallait se décider; si elle
n'y va pas, l'inconnu reviendra plusieurs jours de suite, Auguste peut l'y
rencontrer. Il faut y aller, lui dire
qu'elle ne veut pas l'entendre, rejeter
absolument ses odieux services. D'ailleurs, coupable maintenant aux yeux
d'Auguste et à ceux de lady B***,
Emma renoncera-t-elle à se justifier,
quand peut-être cette démarche lui
apprendrait qu'elle le peut sans danger? Elle part. En arrivant dans la
boutique, comme elle y était déjà
venue, elle passe sans rien dire; la
marchande court après elle :

8.

« Madame, madame, lui crie-t-elle, votre nom ? »

« Miss Courtney, » dit Emma en se retournant et levant son voile.

« Passez, madame, » dit mistriss Campbell, en la saluant d'un air d'intelligence.

Emma tremblait un peu en montant l'escalier ; elle arrive à la porte, elle frappe, on ne répond point. La clef était dans la serrure, elle ouvre, et croit s'être trompée. Il n'y avait personne, la chambre était beaucoup plus propre que ne l'eût permis l'habitation d'une famille pauvre ; il y avait quelques meubles, et même plusieurs vases de fleurs, placés en différens endroits, lui donnaient un air de parure. Elle était prête à sortir, quand, d'une autre porte qu'elle n'avait pas remarquée d'abord, elle voit entrer dans la chambre un homme enveloppé d'une redingotte brune, et couvert d'un grand chapeau rabattu qui cachait entièrement son visage. L'inconnu la salue sans dire un mot, passe derrière elle, ferme la porte qu'elle avait laissée ouverte, et, toujours sans parler, lui fait signe de la main de s'asseoir sur un canapé qu'il lui montre. Ces préparatifs mystérieux

font éprouver à Emma un léger fris-
sonnement; mais déterminée à poursuivre son dessein, elle prend la parole,
et refusant de s'asseoir :

« Mon projet, dit-elle, n'est pas de
m'arrêter long-temps ici. J'ignore,
monsieur, quelles ont été vos intentions en cherchant à me faire naître
des doutes sur la probité de M. Harley,
et je ne chercherai point à m'en instruire; mais il est impossible de m'inspirer aucune crainte à cet égard.
Quant aux trames dont vous me parlez, je n'imagine pas quelles trames
on pourrait former contre moi. Personne n'a d'intérêt à me tromper, à
me perdre; l'état inférieur où je me
trouve doit me rassurer contre toute
entreprise : d'ailleurs, monsieur, si
M. Harley avait des secrets pour moi, et
que ma situation à son égard me don-
nât le droit de les lui demander, c'est
à lui que je m'adresserais, et non pas
à un tiers. Ainsi, monsieur, mon but,
en venant ici, est uniquement de vous
remercier de votre zèle, et de vous
prier très-sérieusement d'en arrêter
les effets, qui, soit principe, soit prévention, me deviendraient absolument
inutiles. »

Elle se retirait en disant ces mots, quand l'inconnu la retient par la main.

« Arrêtez, lui dit-il, miss Courtney. »

Frappée du son de la voix, elle s'écrie :

« M. Harriot ! » En effet, c'était lui. Emma reste immobile d'étonnement, l'indignation et le mépris se peignent dans tous ses traits. Lui, de son côté, affectait la plus grande surprise.

« Je vois à regret, dit il, que cette rencontre imprévue, qui me charme autant qu'elle me confond, n'est pas aussi agréable à miss Courtney. »

« Cette rencontre imprévue, monsieur ? tout me porte à croire que vous l'attendiez. »

« Mais, dit M. Harriot d'un air embarrassé, j'attendais..... sans doute, miss Courtney, s'il faut l'avouer, j'attendais quelqu'un..... mais je n'aurais jamais espéré que vous daignassiez remplacer..... »

« Remplacer ? dit Emma impatientée. N'est-ce pas ici, monsieur, la demeure du menuisier Ben ? »

« Du menuisier Ben ? reprend M. Harriot, toujours du même ton ; je l'ignore, madame, je ne m'étais pas..... chargé..... des arrangemens. »

« Eh ! monsieur, dit Emma, que si-
gnifierait donc la patience avec laquelle
vous avez écouté un discours auquel
vous ne pouviez rien comprendre. »

« Miss Courtney, faut-il vous l'a-
vouer ? à travers ce voile, je vous ai
prise d'abord pour la personne que
j'attendais, le son de votre voix m'a
bientôt désabusé ; mais pénétré de plaisir et de surprise, j'ai voulu prolonger
un bonheur dont j'étais bien sûr que
vous voudriez me priver aussitôt que
vous m'auriez reconnu ; et quelque
inintelligibles que fussent pour moi les
paroles que vous prononciez, je n'ai
pas eu le courage d'interrompre une
musique céleste. »

Emma hausse les épaules. « Tout
cela, monsieur, ne prouve rien ; ayez
la bonté de me répondre : m'avez-vous
fait ou non l'honneur de m'écrire hier
matin, pour me prier de me rendre
dans cette maison aujourd'hui, vers
l'heure de midi. ? »

« Écrire, madame ?.... Je l'ai écrit à
quelqu'un sans doute, mais je n'aurais
jamais osé vous envoyer une pareille
lettre, ni sur-tout espérer que vous
voulussiez bien y répondre. »

« La lettre n'était pas pour moi ? dit

Emma; ah! monsieur, je vous la reuds;» et déjà elle la lui présentait, quand la retirant par réflexion:«Mais, monsieur, dit-elle, mon nom est sur l'adresse?»

«Votre nom, madame? à moins que ce ne soit une erreur de ma main toujours prête à le tracer..... Seriez-vous assez bonne pour me laisser voir cette adresse?»

Emma la lui présente; il y porte la main comme pour la regarder de plus près: tout-à-coup il l'arrache de celle d'Emma, qui, sans méfiance, ne la retenait qu'à peine, et la met tranquillement dans sa poche.

» Quel est votre dessein, monsieur? dit Emma du ton le plus irrité: ayez la bonté de me rendre ma lettre. »

«Charmante miss! répond M. Harriot, reprenant toute l'insolence qui le caractérisait; de quelque part que vous vienne cette lettre, elle doit sans doute vous être chère, et je la garde comme otage. »

«Que voulez-vous dire, monsieur?»

«Je veux dire, madame, qu'on ne s'occupe d'une autre que lorsqu'on n'a plus l'espérance de rien obtenir de miss Courtney. »

Emma, les bras croisés, le regarde avec dédain.

« Monsieur, dit-elle, voulez-vous bien me rendre ma lettre ? »

« Elle est entre mes mains, charmante miss ; elle y est ainsi que tous vos secrets, il ne tient qu'à vous de les anéantir. »

Emma, toujours les bras croisés, continuait de le regarder sans répondre.

« Divine Emma, la plus légère complaisance va vous assurer de ma discrétion ; dites un mot, et l'heureux Harriot met à vos pieds sa fortune et sa vie. »

En parlant ainsi, il veut prendre sa main ; elle la retire avec violence et s'éloigne.

« Vous pouvez la garder, lui dit-elle avec mépris, j'en reconnais le lâche auteur. »

Elle allait sortir.

« Hé bien, miss Courtney, dit M. Harriot, ne partez point irritée contre moi ; voici votre lettre, mon projet n'était pas de la garder malgré vous. »

Lorsqu'Emma s'approche pour la reprendre, l'insolent passe un bras autour d'elle. Tandis qu'il la retient,

et que de l'autre main il éloigne la
lettre qu'il lui montre comme le prix
de sa complaisance; tandis qu'elle le
repousse de toute sa force en détournant son visage, la porte s'ouvre, et
l'on voit paraître M. Harley. Il venait
chercher le repos. Désespéré du refus
d'Emma, devoré de chagrin et d'inquiétude, ne sachant où porter ses
pas et sa douleur, il avait pensé à la
famille du pauvre menuisier. C'était
là qu'il allait jouir de son bonheur,
c'était là qu'il voulait trouver l'oubli
de ses peines. Il arrive dans la boutique, il n'y trouve que la servante.
Elle avait ordre de ne laisser entrer
personne ; elle était dans le secret
aussi bien que sa maîtresse, mais elle
ne connaissait pas M. Harriot, et ne
l'avait pas vu arriver. Quand Auguste
veut monter l'escalier :

« Il n'y a personne, monsieur. »

« Comment personne ? » dit Auguste
étonné.

« Ah ! dit la servante, seriez-vous
M. Har.... Har.... Harry ? »

« Harley, » dit Auguste.

« Ah ! reprend la servante en souriant et faisant la révérence, montez,

monsieur, il y a quelque temps que la
dame est là-haut. »

Auguste monte sans trop faire attention à ces dernières paroles ; il voit
Emma dans les bras de M. Harriot, que
sa position l'empêche de reconnaître ;
Emma, au contraire, le visage tourné
vers la porte, voit d'abord M. Harley.

« Auguste ! » s'écrie-t-elle avec une
joie que la réflexion n'avait pas encore
eu le temps d'altérer. M. Harriot ne se
retourne point ; il reprend son chapeau, salue Emma, et sort par l'autre
porte sans s'être laissé reconnaître par
Auguste. Celui-ci fait un mouvement
comme pour le suivre, Emma le retient.

« Auguste ! Auguste ! lui dit-elle,
au nom du ciel, laissez ce malheureux. »

Auguste s'arrête avec un geste d'o-
béissance forcée, mais il ne prononce
pas une seule parole ; debout devant
Emma, il la regarde fixement, et semble chercher à lire sur ce visage couvert alternativement d'un rouge brûlant et d'une pâleur mortelle. Emma
est appuyée sur le dos d'une chaise ;
passé le premier moment de surprise,
elle a senti toute l'horreur de sa si-

tuation. Elle attend en frémissant le premier mot qui sortira de la bouche d'Auguste.

« Quel est cet homme ? » lui demande-t-il enfin d'une voix concentrée, tandis que ses traits décomposés attestent le combat des passions terribles qui l'agitent en ce moment. Emma baisse les yeux, et se trouve dans l'impossibilité de répondre. Il s'approche d'elle.

« Miss Courtney, reprend-il avec l'accent d'une fureur contrainte, ne voulez-vous pas me dire quel est..... cet homme ? »

Même silence de la part d'Emma. Auguste, les bras croisés, les yeux fixés en terre, se promène dans la chambre, qui semble trembler sous ses pas. Il voit une lettre à ses pieds, machinalement il se baisse pour la ramasser. Emma reconnaît la sienne, que, dans le trouble que lui avait causé l'arrivée d'Auguste, M. Harriot avait apparemment laissé tomber. Elle se précipite dessus, et la jette dans le feu. Plus prompt que l'éclair, Auguste la retire des flammes qui commençaient à l'entamer, et la lui présente.

« Brûlez-là si vous voulez, dit-il

d'un air sombre, mais que ce ne soit pas pour me la soustraire. »

Emma, confuse, serre la lettre, et tous deux reprennent leur silence et leur première attitude.

Cependant un bruit sourd parvenait depuis quelques momens à leurs oreilles, sans avoir arrêté leurs idées. Tout d'un coup il augmente, éclate, et commande l'attention ; ce sont les voix de deux femmes qui paraissent contester vivement. Emma croit reconnaître l'une des deux. Auguste s'arrête. Emma respire à peine. Bientôt un nouveau dialogue s'établit tout près de la porte, mais celui-là se fait à voix basse.

« Elle veut monter, » dit la servante.

« Dites que cela est impossible, » reprend mistriss Campbell.

« Je l'ai dit, mais on ne peut lui faire rien entendre. »

« Le jeune homme est parti. »

« Je ne le crois pas. »

« J'en suis sûre, il est descendu par l'autre escalier ; il m'a dit en passant que ce serait pour un autre jour. »

Auguste regarde Emma, qui frémit d'indignation et de honte.

« Mais la jeune dame ? » dit la servante.

« Je crois qu'elle y est encore. Je vais
entrer, et je la ferai sortir par l'autre
côté. » Elle s'approche de la porte.
« Ah, bon dieu ! voilà l'autre !.... Madame, ils n'y sont plus ! »

Emma, hors d'elle-même, ne voit
plus d'autre ressource pour elle que de
se sauver par la porte qui a servi de
retraite à M. Harriot. Elle l'ouvre et
passe avec précipitation ; mais après
l'avoir refermée, elle se trouve dans
un cabinet ; une seconde issue lui donne
de l'espérance, mais la porte est fermée
en dehors, il serait inutile d'essayer de
l'ouvrir. Emma est prête à succomber
au désespoir ; cependant, malgré son
trouble, elle conserve encore assez
d'idées pour comprendre qu'il vaut
mieux se montrer que de rester cachée
dans un cabinet où l'on va sans doute
la découvrir. Elle se décide en tremblant, et se montre à l'une des en-
trées de la chambre, tandis que madame Carrers, retenue jusqu'alors par
la marchande, se présente à l'autre,
en disant :

« J'entends du bruit, je veux absolument voir ce que c'est. »

Le premier mouvement d'Emma
est de s'enfuir au fond du cabinet en

repoussant la porte avec violence ;
mais songeant qu'on l'a vue, elle revient sur ses pas ; et la seconde fois,
c'est lady B*** qu'elle voit paraître à
la suite de madame Carrers. Celle-ci,
comme on le devine sans doute, se
trouvant dans la boutique de mistriss
Campbell avec lady B***, qui venait
y faire quelques emplettes, l'avait engagée à monter chez le pauvre menuisier. Ces quatre personnes demeurent
immobiles, et la marchande, en apercevant Auguste, qu'elle n'a point vu
entrer, le croit descendu du ciel pour
achever de la perdre. Cependant la curiosité l'emporte sur la terreur, elle
reste pour savoir le dénouement de
cette singulière rencontre. Mais c'est
vainement qu'elle attend une parole :
lady B*** laisse tomber sur Emma des
regards d'indignation, ceux que Louisa
fixe sur M. Harley expriment la plus
profonde surprise. Auguste est aussi
embarrassé que sa compagne ; il ne
peut s'expliquer sans la compromettre,
et jamais sa colère ne l'emportera jusque là. Incertain de ce qu'elle dira,
craignant de se trouver en contradic-
tion avec elle, il prend le parti de la
laisser en liberté de donner l'explica-

tion qui lui conviendra ; et saluant lady B*** et Louisa, il sort sans avoir prononcé une parole. Il trouve à la porte la marchande et sa servante, qui, en le voyant paraître, baissent les yeux de l'air le plus modeste et le plus recueilli.

« Descendez, leur dit-il, votre présence n'est nullement nécessaire. »

Ces femmes, qui sentaient bien qu'elles ne devaient pas être là, n'osent résister au ton d'autorité qu'il emploie ; il les fait descendre devant lui, et quitte cette fatale maison, emportant dans son cœur toutes les horreurs d'une jalousie en apparence trop bien fondée, et les tourmens d'une rage impuissante.

« Voilà donc, miss Courtney, dit lady B*** aussitôt qu'il fut sorti de la chambre, voilà donc vos motifs pour refuser de m'accompagner ici. »

Emma ne répondait rien : appuyée contre le mur, la tête baissée, elle ne conservait des apparences de la vie, qu'une respiration courte et violente, qui soulevait son sein par intervalles. La bonne Louisa en a pitié ; elle s'approche d'elle et lui prenant la main :

« Miss Courtney, lui dit-elle, sans doute vous pourrez vous justifier ? »

« Non, » dit Emma, et sa tête retombe sur sa poitrine.

« Non ! » répète lady B*** d'un air aussi surpris qu'irrité.

« Mylady, reprend Louisa, ce n'est pas ici qu'il faut demander une explication; d'ailleurs, miss Courtney n'est pas dans ce moment en état de vous la donner; mais je suis persuadée que demain elle répondra à vos questions d'une manière satisfaisante. »

« Je le souhaite, reprit lady B***; miss Courtney, voulez-vous que je vous ramène ? »

Emma eût préféré s'enfoncer dans les entrailles de la terre; mais une telle proposition était un ordre. Elle obéit et se laisse entraîner par Louisa, qui prend soin de baisser le voile de l'insensible Emma, pour ne point exposer aux regards curieux l'image du désespoir dans les traits altérés de l'infortunée qu'elle a prise sous sa protection.

On remonte en voiture, et personne ne prononce un seul mot pendant tout le chemin; pendant tout le chemin, Emma ne lève pas une seule fois la tête, elle paraissait accablée sous le poids d'un crime. En descendant de voiture, elle demande la permission de rester toute la journée dans sa chambre.

« Allez, lui répond lady B*** d'un air moins sévère; tout le monde ignorera aujourd'hui la cause de votre retraite; mais j'espère, miss Courtney, que demain matin vous pourrez me donner des explications qui me sont bien nécessaires.

Emma s'incline et rentre dans sa chambre pour se renfermer avec des pensées qui toutes ouvrent son ame au désespoir, sans qu'aucune y porte le remords,

CHAPITRE IX.

COMBIEN Emma serait plus tranquille
si elle connaissait mieux l'homme avec
lequel elle craint de compromettre Auguste ! Mais l'idée de la lâcheté n'a
jamais pu entrer dans l'esprit d'Emma ; elle ne concevrait pas sur-tout
qu'elle pût s'allier avec cette impudence toujours si prompte à s'avancer.
Emma devrait savoir que l'impudence
s'avance d'autant plus hardiment, que
pour se retirer du péril elle a toujours
la ressource d'une bassesse. Mais elle
ne sait qu'une chose, ne songe qu'à
une chose : il faut, ou renoncer à
se justifier, ou montrer la lettre de
M. Harriot, cette lettre qu'Auguste doit
punir, s'il la connaissait, et qu'elle ne
doit plus lui laisser ignorer dès qu'elle
aura consenti à dévoiler aux yeux d'un
autre l'outrage qu'il en reçoit. Mais
cette lettre même ne pourrait la justifier qu'en révélant tous ses secrets,

ce qu'elle sait du secret de son amant,
de ce secret qu'il a cru devoir cacher
à sa mère, à Louisa Carrers, qu'Emma
seule a reçu et presque arraché. Il faut,
ou se sacrifier sans réserve, ou bien
exposer pour son repos l'honneur et
peut-être la vie de celui qu'elle aime,
trahir sa confiance et les promesses
qu'il a reçues d'elle. On juge si elle
peut hésiter. Elle se taira, elle paraî-
tra coupable aux yeux de lady B***,
de Louisa Carrers. Elle a bien consenti
à le paraître aux yeux d'Auguste! c'est
là le vrai, l'immense sacrifice. Quelquefois, vaincue par la douloureuse
attente des maux qu'elle va souffrir,
elle cherche à les adoucir, à retran-
cher quelques parties du devoir affreux
qu'elle s'est imposé; mais bientôt toutes
les suites possibles d'un moment de
faiblesse viennent s'offrir à son imagination; alors, rejetant toute autre
idée, elle se reproche avec indignation d'avoir pu balancer un instant.
Qu'il vive, s'écrie-t-elle, pénétrée
de terreur, et que je sois la seule infortunée! Mais, ajoute-t-elle ensuite,
sera-t-il heureux s'il croit Emma coupable? et son visage est inondé de
larmes amères.

La nuit se passe dans ces angoisses, le jour ne lui apporte rien que l'attente plus prochaine des épreuves qu'elle va subir. Vers midi, on vient lui dire que mylady la prie de l'aller trouver dans son cabinet.

C'était le premier pas à faire; Emma lève les yeux au ciel, et s'achemine vers l'autel du sacrifice. Elle entre lentement; sa contenance était toujours noble, mais triste; son visage portait encore la trace des larmes qu'elle avait répandues, et qu'elle ne cherchait point à dissimuler. Loin d'elle la faiblesse de paraître humiliée du blâme qu'elle n'a pas mérité, mais plus loin encore la pensée de braver le juge respectable aux yeux duquel il lui est impossible de détruire les apparences qui la condamnent. Lady B★★★ lui fait signe de s'asseoir, et toutes deux demeurent quelques instans sans ouvrir la bouche. Lady B★★★ rompt le silence la première.

« Miss Courtney, dit-elle, avant de recevoir de vous l'explication que j'en attends, je veux vous faire connaître mes motifs pour vous la demander. L'âge ne m'a point rendu sévère; je suis loin de faire un crime à deux per-

sonnes libres d'un sentiment honnête
et permis. Ainsi donc, si M. Harley,
si vous, eussiez suivi la route ordinaire de deux jeunes gens qui s'aiment
et veulent s'unir, je ne me plaindrais
point ; mais, ne vous en offensez pas,
miss Courtney, je ne croirais pas devoir vous confier l'éducation d'une
jeune fille. Indépendamment de la
crainte d'une interruption prochaine
dans les soins que vous commence-
riez à lui donner, un tel engagement,
quelque réserve que vous pussiez y
apporter, serait au moins un dange-
reux spectacle pour une jeune personne, aux yeux de laquelle il ne pourrait échapper entièrement. Voici donc
à quoi je me résume. Il me paraît bien
difficile que nous restions ensemble
sur le même pied qu'auparavant ; mais,
je ne craindrai pas de vous l'avouer,
miss Courtney, il me serait très-pé-
nible que nous fussions obligées de
nous séparer. Votre société m'est de-
venue infiniment agréable, je dirai
presque nécessaire. Votre caractère,
votre esprit, m'attachent à vous tous
les jours davantage : si donc, par l'explication que vous allez me donner
sur votre conduite, il m'est possible

de n'y voir que des imprudences, vous
demeurerez ici aux mêmes conditions,
dont je ne retrancherai que l'emploi
d'institutrice de ma nièce. Si vous
m'apprenez que je n'ai point à reprocher à M. Harley des procédés inju-
rieux pour moi, par le choix qu'il
aurait fait d'une personne qu'on pouvait regarder en quelque sorte comme
étant sous ma protection, je conti-
nuerai de le voir comme une connaissance agréable, et vous pourrez sous
mes yeux cultiver avec décence une
liaison honnête, jusqu'au moment où
elle se terminera, soit par l'accomplissement, soit par la chûte des espérances que vous formez sans doute. »

Emma, les yeux baissés, l'avait
écoutée sans l'interrompre par un seul
mouvement. Quand lady B*** eut
cessé de parler, elle répondit ainsi,
mais toujours sans lever les yeux :

« Permettez d'abord, mylady, que
j'exprime la reconnaissance qui me
pénètre ; c'est une faveur qui me sera
peut-être bientôt refusée. Je ne puis,
mylady, profiter de vos généreuses intentions. Vous devez me croire bien
coupable, je le sais ; je sais que tout
se réunit pour aggraver mes torts ap-

parens. Je le sais, je m'en afflige, je n'ai rien à me reprocher, et cependant il m'est impossible de me justifier. Je n'ai rien à dire pour ma défense ; vous pouvez, mylady, d'après ce que vous avez vu, adopter les conjectures qui vous paraîtront les plus vraisemblables, sans que je tente par un seul mot de me soustraire aux reproches que vous vous croirez en droit de m'adresser.

Le visage de lady B★★★ avait repris toute la sévérité de la veille.

« Je vois, miss Courtney, dit-elle, que mon opinion vous est parfaitement indifférente. »

« Parmi tous les malheurs de ma triste position, mylady, avoir perdu votre estime est un de ceux qui m'affectent le plus vivement. »

« Vous me permettrez de n'en rien croire, » dit lady B★★★ en se levant d'un air irrité, comme pour donner à Emma le signal de la retraite. Emma se leva en même temps.

« Mylady, reprit-elle, je ne vous demande plus qu'une minute d'audience ; je n'ai pu me justifier, mais j'en puis justifier un autre. » Lady B★★★ la regarda de l'air le plus étonné.

« N'accusez point M. Harley d'avoir manqué en rien au respect qu'il vous doit; c'est uniquement par hasard qu'il s'est rencontré avec moi dans cette chambre où vous nous avez trouvés ensemble. »

« Faites-moi la grace, reprit lady B*** avec indignation, faites-moi la grace de ne me pas supposer assez crédule pour donner dans de pareilles visions. »

En parlant ainsi, elle faisait un pas pour sortir.

« Daignez m'écouter un instant, » dit Emma. Lady B*** s'arrête. « Ce que j'ai l'honneur de vous dire est de la plus exacte vérité. Vous le croirez sans peine, mylady, quand vous saurez que dans cette chambre où M. Harley n'était pas arrivé depuis un quart d'heure quand vous avez paru, il m'avait trouvée.... avec un autre. »

« Avec un autre ! » reprit lady B*** en tressaillant.

« Oui, mylady. »

Lady B*** la considère avec attention : cette noble sincérité, si différente de la hardiesse, ce maintien décent qui paraît contraster avec le plus étrange aveu, tout la frappe d'étonnement. Elle se rassied, et d'un signe, invite Emma à suivre son exemple. Enfin, après quelques momens de silence :

« Miss Courtney, dit-elle, un seul mot; êtes-vous.... mariée ? »

« Non, mylady. »

« Et vous n'avez aucun reproche à vous faire ! »

« Non, mylady; » et la triste Emma leva ses regards au ciel, comme pour attester le témoin et le juge des actions secrètes.

« Vous n'avez aucun reproche à vous faire! je voudrais pouvoir le penser, » reprit lady B*** d'un ton plus doux.

« Je sens, mylady, qu'il m'est impossible de prétendre à vous inspirer la moindre confiance; toutes les apparences déposent contre moi, vos soupçons ne sont que trop fondés; malheureuse au-delà de l'expression de ne pouvoir me justifier à vos yeux, bien loin de me plaindre, l'unique sentiment que j'emporte de cet entretien est la reconnaissance de vos bontés; et croyez-moi, mylady, malgré le malheur affreux qui me force à m'en priver, cette reconnaissance sera éternelle. »

Elle prononça ces dernières paroles du ton le plus ému. Renonçant volontairement à rien attendre de lady B***, elle pouvait sans faiblesse, sans humiliation, se livrer à toute la sensibilité de son cœur. Lady B*** parut touchée.

« Pourquoi faut-il qu'une seule faute, que peut-être un caprice bizarre, ternisse tant de qualités aimables ! »

« Pardon, mylady, si j'ose vous supplier de ne plus revenir sur un sujet, à l'égard duquel il m'est impossible de vous satisfaire. »

Puis, d'un air timide, elle ajouta : « Je dois vous paraître bien coupable, peut-être ingrate. Ce serait pour moi une pensée désolante, reprit-elle plus vivement. Mais, je vous en conjure, mylady, ne me condamnez pas encore; un temps viendra, je l'espère, où je pourrai me justifier, regagner votre estime. Peut-être alors daignerez-vous attacher quelque prix à des sentimens dont je n'ai pas maintenant la hardiesse de vous entretenir. »

« Ils en ont pour moi dès ce moment, reprit lady B*** attendrie : quant à ce

9.

qui me regarde, miss Courtney, je n'ai à vous adresser que des éloges et des remerciemens. Puisqu'il faut nous séparer, ajouta-t-elle d'un air de bonté, que ce soit en amies. »

Emma voulut baiser la main qu'elle lui présentait; lady B*** lui tendit les bras, et quelques momens après, Emma sortit silencieusement du cabinet. Elle était à peine rentrée chez elle, qu'on vint l'avertir que M. Harley demandait à la voir. Les changemens survenus dans sa destinée n'avaient pas encore interrompu l'habitude de son cœur; ce nom chéri lui fit éprouver un instant la plus vive émotion de plaisir. Mais quand la réflexion n'en eût pas détruit promptement jusqu'à la moindre étincelle, Emma eût payé bien cher ce moment de jouissance, en arrivant dans la pièce où l'attendait Auguste. Il se promenait lentement, les bras croisés et les yeux baissés vers la terre. La pâleur, l'altération de ses traits, le rendaient méconnaissable. Lorsqu'Emma parut, il la salua sans dire un mot, et continua de marcher dans la chambre. Pénétrée de douleur, Emma n'avait pas la force d'avancer, elle demeura quelque temps à la porte, et ce ne fut qu'avec peine qu'elle parvint au siége le plus proche. Auguste s'arrêta vis-à-vis d'elle.

« Miss Courtney, lui dit-il de l'air le plus sombre, je ne viens point vous importuner par une indiscrète curiosité ; je desire seulement connaître vos intentions par rapport à lady B★★★, pour me conformer entièrement à ce que vous aurez pu lui dire. »

« Je vous remercie, répondit Emma d'une voix qu'on entendait à peine ; je reconnais, comme je le dois, une pareille attention ; mais elle me devient inutile. »

Auguste recommença à se promener dans la chambre ; puis, s'arrêtant une seconde fois :

« J'avoue, miss Courtney, dit-il, qu'il m'est difficile de comprendre comment il se peut faire que vous n'ayez rien à me prescrire à cet égard. A moins, ajoute-t-il avec un sourire amer, à moins que vous n'ayez tout confié à lady B★★★. »

« Je n'ai rien confié à lady B★★★, » répondit Emma, qui commençait à retrouver un peu de force.

« Et..... elle s'est contentée d'une simple négation, reprit Auguste tou-

jours de la même manière ; il faut,
miss Courtney, tous vos talens pour
persuader. »

« Je n'ai point cherché à la persuader, je lui ai dit ce que je vous repète-
rai, M. Harley, que je ne me repro-
chais rien. » Auguste ne put contenir
un geste d'indignation ; Emma reprit :
« Je n'ai point voulu m'abaisser au
mensonge ; mais pour me justifier à
ses yeux sans blesser la vérité, il eût
fallu entrer dans des explications qu'il
n'était pas en mon pouvoir de lui donner. Je me suis tue, au risque d'encourir sa disgrace, et je quitte sa maison
dans peu de jours. »

Frappé du ton simple dont elle avait
prononcé ces dernières paroles, Auguste la regarda quelque temps sans
rien dire.

« Il faut, miss Courtney, reprit-il
ensuite avec amertume, il faut assurément qu'un pareil secret soit bien
avant dans votre cœur ! Il faut que celui qui l'exige ait un grand pouvoir sur
vos volontés.

Emma se leva.

« Ecoutez-moi, dit-elle, M. Harley,
écoutez-moi, peut-être pour la dernière fois. Je n'ai pas l'espoir de vous

convaincre ; mais je ne veux pas du
moins que vous puissiez prendre mon
silence pour un aveu. Je vous le jure
donc comme à l'instant de la mort, cet
homme que vous avez surpris avec moi
ne m'est rien, ne me sera jamais rien.
Et s'il fallait qu'il m'inspirât quelques
sentimens, ajoute-t-elle, en joignant
les mains avec force, mon Dieu, ne
permets pas que la haine me rabaisse
jusqu'à lui ! » Puis elle reprend : « On
ne me l'a point demandé ce secret que
je me crois obligée d'ensevelir dans
l'oubli le plus profond. Tout le monde
ignore les motifs de mon silence, et
personne, dit-elle, les yeux remplis
de larmes, personne ne me saura gré
d'un si cruel sacrifice. »

Profondément ému, Auguste se rapproche d'elle.

« Achevez, dit-il à voix basse, achevez, ajoute-t-il avec transport, miss
Courtney, rendez-moi la paix, le bonheur. »

« O mon Dieu ! » dit Emma ; et portant sa main sur ses yeux, elle reprend
la place qu'elle venait de quitter. Auguste s'assied près d'elle.

« Miss Courtney, dit Auguste, mon
Emma, ce secret que vous vous croyez

obligée de cacher à tout le monde, ce secret qui n'appartient qu'à vous, doit-il être un secret pour moi, me confondrez-vous avec tout le monde ! »

« Oh ! laissez-moi, laissez-moi, » dit Emma, d'une voix plaintive.

« Emma ! » reprend Auguste, du ton le plus suppliant, en pressant doucement sa main qu'elle ne songeait point à lui retirer. Il attendait en tremblant la première parole qui sortirait de sa bouche.

« Non, » dit enfin Emma, comme si elle eût prononcé l'arrêt de son supplice.

« Non ! » répète Auguste, en laissant tomber la main qu'il retenait entre les siennes.

« Quelque jour peut-être..... je ne sais..... je n'en puis fixer l'époque, il me sera possible de vous révéler..... de me justifier ; mais dans ce moment, mais aujourd'hui, mais d'ici à bien long-temps..... cela m'est impossible. »

« Impossible ! » reprend encore Auguste, en se levant avec un mouvement de fureur ; puis, essayant de se contenir :

« Au reste, dit-il, je vous demande pardon, miss Courtney, j'ai promis

de ne vous point importuner de mes
questions, il ne m'en reste plus qu'une
à vous faire. Daignez, au moins, me
prescrire la manière dont je dois m'expliquer vis-à-vis de lady B★★★, sur une
aventure qui paraît nous être com-
mune. »

« Lady B★★★ ne conserve plus aucun
doute à cet égard; elle sait, dit Emma
en hésitant, que vous n'étiez pas.... le
premier..... dans le lieu où elle nous
a trouvés; que je n'y étais pas venue
pour vous. »

« Elle en est instruite! qui le lui a
dit? »

« Moi. »

« Vous! vous, Emma! et vous lui
avez dit aussi qu'un autre..... » Il ne
peut achever; puis, se promenant dans
la chambre, d'un air agité : « Un
autre! grand Dieu! poursuit-il avec un
sentiment profond ; on me l'eût dit
en vain ; je n'aurais jamais pu le
croire. »

« Et vous le croyez! » reprend douloureusement Emma. Auguste s'arrête,
il la regarde un instant; puis, se précipitant auprès d'elle :

« Un mot, Emma, un seul mot, et
vous reprenez tout votre empire, vous

subjuguez ma raison, je ne verrai que
par vos yeux. Je ne le demande pas
tout entier cet affreux secret, laissez-
moi seulement entrevoir l'espérance,
qu'un commencement de clarté dissipe
l'obscurité qui m'environne; je saurai
m'en contenter. Emma, s'il vous est
possible..... arrachez de mon cœur le
poison mortel..... sans cet horrible
mystère, tout s'avancerait vers l'accomplissement de mes vœux. Mes espérances augmentent; ce matin encore,
d'heureuses nouvelles..... mais je ne les
ai reçues qu'avec horreur. Emma, vous
pouvez me les rendre chères, vous
pouvez de ce jour faire le plus beau
jour de ma vie! Mon Emma...... je
vous en conjure..... un mot, un seul
mot. »

Il parlait avec véhémence; Emma
tremblante n'osait lever les yeux sur
lui; son courage, ses résolutions, tout
s'évanouissait. Il ne demandait qu'un
mot. Un seul mot pouvait sans danger
peut-être.... Elle ne savait que résoudre,
et se taisait.

« Emma, au nom du ciel, rompez ce
silence qui me désespère. Mon bonheur
est en vos mains, il vous est si facile de
me le rendre! »

« Votre bonheur, Auguste! oh, mon Dieu! que me demandez vous? »

« Rien que vous ne puissiez faire, mon Emma, comptez sur ma parole; un mot, le plus léger éclaircissement suffira pour calmer mes inquiétudes, pour me rendre le repos, la félicité. »

» Hé bien..... »

« Hé bien, Emma..... parlez, je vous en supplie. »

« Non, non, non! » s'écrie Emma en s'arrachant d'auprès d'Auguste, et courant de l'autre côté de la chambre se jeter à genoux contre un fauteuil sur lequel elle cache son visage en sanglotant. Auguste s'approche d'elle, il veut la relever. Elle le repousse doucement.

« Auguste! s'écrie-t-elle, au nom de Dieu..... vous me faites mourir. »

Surpris, confondu, il recule.

« Rassurez-vous, miss Courtney, je ne vous demanderai plus rien. En effet.... je n'ai nul droit.... »

« Nul droit! reprend douloureusement Emma. Voulez-vous me rappeler ce que vous craignez apparemment que je n'oublie? »

« Le rappeler! je devrais me le rappeler à moi-même, ou plutôt tout ou-

blier, » ajoute-t-il avec fureur; puis
tirant de sa poche et froissant dans sa
main une lettre que le matin il avait
reçue de Pascaline : « La voilà cette
lettre, dit-il, cette lettre qui augmen-
tait mes espérances! Je me flattais, je
jouissais déjà!..... Et j'ai pu compter
sur elle pour faire mon bonheur! »
Il s'approche d'Emma : « Je n'ai plus
rien à savoir ! » dit-il. Ensuite il fait
quelques pas vers la porte; puis il
s'arrête : « Adieu, miss Courtney,
dit-il d'une voix concentrée; adieu
pour..... »

Emma, toujours à genoux, tourne
vers le ciel son visage baigné de larmes.
Auguste n'achève point, il sort, et
laisse Emma livrée à cette insupportable douleur contre laquelle l'ame trop
faible demande en vain du secours à
tout ce qui l'environne.

CHAPITRE V.

Emma passait les journées presque
entières renfermée chez elle. Lady
B★★★ avait exigé qu'elle occupât sa
maison pendant tout le temps qu'il lui
faudrait pour trouver un asile. Pénétrée du desir de se dérober à tous les
regards, Emma voulait solliciter un
emploi dans la pension où l'on élevait
la fille de madame Melmoth. Aussitôt
qu'elle eut la force de sortir, elle se
rendit à cette pension. Mistriss Fowl,
c'était le nom de la gouvernante, la
reçut à merveille, et lui dit que venant
de perdre une des institutrices qui la
secondaient, elle ne la pouvait mieux
remplacer qu'en donnant son emploi à
miss Courtney. Cette conversation avait
lieu devant une dame qui venait de
prendre des arrangemens avec mistriss
Fowl, pour lui confier sa fille. Elle
s'était montrée fort attentive pendant
tout l'entretien, et avait paru très-

frappée du nom de miss Courtney, répété deux ou trois fois par mistriss Fowl. Au bout d'une demi-heure elle se lève, et prie la gouvernante de passer dans une autre chambre où elle voudrait lui dire un mot. Emma se prépare à sortir.

« Ayez la bonté de rester, lui dit mistriss Fowl, je reviens dans l'instant, et nous terminerons tout de suite. »

Environ un quart d'heure après, mistriss Fowl rentre avec la dame, mais très-rouge, et l'air excessivement troublé.

« Mistriss Fowl, dit la dame en s'en allant, je vous amènerai ma fille après-demain, mais songez à nos conditions. »

« Vous pouvez être sûre, mylady, qu'elles seront remplies exactement, » dit mistriss Fowl en la reconduisant jusqu'à la porte. Elle revient s'asseoir à sa place. Emma veut reparler des arrangemens dont elles sont convenues ensemble.

« Je ne puis aujourd'hui, miss Courtney, vous rendre une réponse positive sur ce que vous me demandez, » lui dit mistriss Fowl avec embarras.

« Comment, reprend Emma, la ré-

ponse n'est-elle pas faite? ne m'avez-
vous pas dit à l'instant même que j'en-
trerais ici quand je le voudrais ? »

« J'en conviens, répond la gouvernante encore plus embarrassée ; mais
je viens de me rappeler que j'avais promis la même place à une autre per-
sonnne avec qui je ne voudrais pas me
brouiller, et vous sentez qu'il me faut
au moins quelque temps pour arranger
la chose. »

« Mais, dit Emma, ayez la bonté de
me fixer un terme quelconque ; il est
nécessaire que je sache sur quoi compter. »

« Tenez, miss Courtney, reprend
mistriss Fowl en hésitant, s'il faut vous
dire la vérité, il me paraît bien difficile que nous nous arrangions ensemble. Vous avez beaucoup vécu dans le
monde, et les engagemens que vous y
avez contractés seraient incompatibles
avec l'état que vous voulez prendre. »

« Des engagemens, dit Emma étonnée, je ne connais personne. »

« Il faut cependant, dit mistriss Fowl
avec humeur, que vous ayez fait quelque connaissance. »

« Non, je vous jure. Mais, dites-moi,
mistriss Fowl, qui a pu vous faire

changer en si peu de temps, serait-ce cette dame ? »

« Hé bien oui, cette dame, reprend mistriss Fowl en colère, elle m'a déclaré tout net que si vous entriez ici, elle n'y mettrait pas sa fille. »

« Eh, bon Dieu ! que lui ai-je fait ? » s'écrie douloureusement Emma, dont le courage commençait à s'épuiser.

« Vous ne lui avez rien fait, pas plus qu'une autre ; seulement quand elle a su que vous sortiez de chez lady |B***, cela lui a confirmé ce qu'elle savait déjà. »

« Quoi ? que savait-elle ? »

« Que puis-je vous dire, miss Courtney, je ne me ferai pas l'écho de tous les propos qui se tiennent. Seulement voilà ce qu'elle m'a dit, et vous sentez bien qu'il m'est impossible de refuser pour vous lady Caroline C***. »

« Assurément, ce n'est pas là ce que je vous demande, dit-elle tristement, ayez seulement , mistriss Fowl , la complaisance de m'apprendre ce qu'on peut avoir dit sur mon compte à lady C***. »

« J'ai eu l'honneur, miss Courtney, de vous assurer que je n'en savais rien. Certainement, ajoute-t-elle en s'échauffant, je n'irai pas me compromettre avec lady C***, comme je l'ai fait avec lady B***, en prenant sur moi de lui répondre de vous. Ces choses suffisent pour faire tort à une maison. »

« Oh, mon Dieu ! » s'écrie Emma, dont les larmes commençaient à couler, malgré tous ses efforts pour les retenir.

« Je suis fâchée que cela vous afflige, miss Courtney, reprend mistriss Fowl, il ne faut pas se désoler. Vous retrouverez peut-être une aussi bonne condition que celle que vous avez perdue. Mais, ajoute-t-elle, je vous préviens que je ne veux plus m'en mêler. »

Emma ne répondit rien, elle vit bien qu'il ne lui serait pas possible de tirer aucun éclaircissement de mistriss Fowl, et sortit de chez elle la mort dans le cœur. Privée du dernier asile qui lui restât, et de l'espérance d'en retrouver un autre, elle cherchait en elle-même quelle habitation solitaire, quelle retraite obscure pourrait la cacher au gré de ses desirs, quand, sur la porte d'une maison de la plus chétive apparence, un écriteau balloté par le vent, portant en gros caractères *chambre à louer*, lui fit penser qu'elle y trouverait peut-être

ce qu'elle cherchait. Elle entre, se fait
mener à la chambre ; l'escalier était
délabré, l'appartement composé de
deux pièces sombres et tristes ; il plut
à Emma, on s'arrangea pour le prix,
et il fut convenu que le lendemain elle
viendrait prendre possession de son
nouveau logement. Comme elle en
sortait et se préparait à descendre, elle
voit à la porte qui faisait face à la
sienne une femme avec un enfant,
qu'elle reconnaît pour être Debora Ben,
la femme du pauvre menuisier. Sans
chercher à pénétrer dans les combi-
naisons de M. Harriot, elle avait facilement deviné par quels moyens il
avait pu engager cette famille à lui
céder le logement dont il avait besoin
pour l'accomplissement de ses desseins.
En voyant Debora, elle fut affectée
d'un souvenir pénible ; mais, pour
celle - ci, aussitôt qu'elle l'aperçoit :
« Molly ! Molly ! crie-t-elle en rentrant
dans la chambre, voici miss Courtney. »

Emma la suit, et la première personne qu'elle aperçoit, c'est madame
Carrers, tenant un enfant sur ses genoux. Au nom de miss Courtney, elle
pose l'enfant à terre, et se lève pour

courir au-devant d'Emma qu'elle veut
embrasser. Celle-ci se recule avec indignation, elle ne doutait pas que madame Carrers ne fût l'auteur de ces
propos qui lui avaient attiré le refus
de mistriss Fowl.

« Qu'avez-vous, miss Courtney, lui
dit Louisa ? seriez-vous assez injuste
pour conserver du ressentiment d'un
hasard que j'étais bien loin de prévoir ? »

« Non, madame, et je me souviens
même que dans ce moment, accablée
sous le poids des apparences trompeu-
ses qui déposaient contre moi, c'est à
vous que je dus des ménagemens qui
m'étaient bien nécessaires ; je ne l'ou-
blierai point. Mais, madame, depuis
ce temps, mes malheurs ont augmenté,
s'il est possible. »

« Et vous m'en accusez ! »

« Ma triste aventure se répand, mon
nom est connu à des personnes avec
lesquelles je n'ai pas la moindre rela-
tion, les bruits qu'on a répandus sur
mon compte, viennent de m'enlever
une dernière ressource. Lady B*** n'a
point parlé, j'en suis sûre, je ne crains
rien de M. Harley, il ne restait qu'un
témoin, madame, je ne songe pas à

2.   10

vous rien reprocher, vous n'étiez point obligée à me garder le secret, je n'avais aucun droit pour compter sur votre silence, mais seulement, madame, vous me permettrez de me refuser aux témoignages d'une amitié qu'il me serait impossible de partager. »

Emma s'éloignait en achevant ces mots, Louisa la retient.

« Miss Courtney, lui dit-elle du ton le plus simple, ce n'est pas moi. On peut me reprocher des torts, ajoute-t-elle, mais ce ne sera jamais celui d'avoir ajouté aux peines d'une personne malheureuse. »

« Eh! qui serait-ce donc? » s'écrie Emma confondue.

« Je l'ignore, reprend Louisa, mais vous pouvez m'en croire. »

Le ton de la vérité ne pouvait être méconnu d'Emma, elle l'entendit.

« Et je vous crois, dit-elle en tendant la main à madame Carrers; pardonnez mon injustice, il faut, ajouta-t-elle avec un soupir, il faut que tout ce qui me regarde s'enveloppe de mystères pour me donner des torts. »

« Mais, reprit Louisa en souriant, n'est-ce pas vous, miss Courtney, qui vous plaisez à rendre ces mystères im-

pénétrables? » Emma baissa les yeux.
« Mon but n'est pas de vous affliger,
poursuivit Louisa d'un ton doux et
caressant; et, la tirant à part : Je voudrais seulement, ajouta-t-elle, qu'il
fût en mon pouvoir de rétablir la paix
entre des gens qui se rendent malheureux à plaisir. »

« Eh quoi! n'avez-vous pas vu lady
B★★★? ne vous a-t-elle pas dit combien les apparences vous avaient trom-
pées? »

« Je l'ai vue, elle m'a dit le peu que
vous lui aviez confié ; mais, ajouta-
t-elle en souriant, je ne me laisse pas
tromper par les apparences. »

« Eh, bon Dieu! reprit douloureusement Emma, faut-il que je ne puisse
pas obtenir de confiance, même en faisant un pareil aveu! »

« Oh! je ne révoque pas en doute la
vérité de vos paroles. Seulement il y a
quelque chose que je ne comprends pas.
Auguste est aussi mystérieux que vous,
miss Courtney, mais il ne sait pas
mieux se contraindre. Je l'ai revu, il
ne m'a rien dit, mais votre nom fait
sur lui l'impression la plus vive, et je
ne puis vous le dissimuler, une impression douloureuse. Au reste , ajoute-

t-elle, peut-être le voyage qu'il va faire
lui fournira-t-il des distractions. »

« Quel voyage? » dit Emma en pâlissant.

« Quoi! vous ne le savez pas? il part
dans quelques jours pour Paris. »

« Je ne le savais pas, » reprend Emma
à voix basse, et s'appuyant contre le
mur. Elle essaie de se contenir; Louisa
la regarde fixement. Enfin, lui prenant
la main d'un air affectueux.

« Il part bien malheureux, dit-elle;
l'habitude de lire dans son ame m'a fait
deviner aisément d'où venaient ses peines. Ce n'est point la curiosité qui me
porte à me mêler d'une affaire qui me
devrait être étrangère. Elle ne me l'est
point. Le sort d'Auguste ne peut m'être
indifférent; je puis vous le dire, miss
Courtney, personne ne mérite davantage d'être heureux. S'il vous est possible, faites cesser ses chagrins. Vous le
pouvez, j'en suis sûre, » ajoute-t-elle
du ton le plus pressant, pour couper la
parole à Emma qui se préparait à répondre. « Miss Courtney, je vous connais mieux que vous ne le pensez. Une
expérience acquise, peut-être à mes
dépens, dit-elle d'un air un peu embar-
assé, me donne une grande facilité à

deviner les secrets. J'ai pénétré le vôtre, vous aimez Auguste. »Emma veut parler. « Ne vous en défendez pas , miss Courtney, c'est le meilleur, le plus aimable des hommes. Je sais que le hasard malheureux qui semble vous avoir poursuivie doit lui avoir donné d'affreux soupçons. Des considérations quelconques vous ont, je le suppose, empêchée de vous expliquer avec lui. Cependant, je ne sais si je me trompe, mais , d'après l'admiration que vous inspirez à M. Montague, d'après le peu de connaissance que je puis avoir de votre caractère, je ne partage point ses idées. Ce différend , j'en suis sûre, provient de quelque mal-entendu, tout au plus d'uue imprudence. Hé bien ! si c'est une imprudence, dites-le, miss Courtney , qui vous arrêterait ? Qui peut se flatter de n'en pas commettre ? un tel aveu sera digne de votre franchise , de la confiance qu'il doit vous inspirer. Serait-ce crainte , ressentiment? point de fausse fierté, point de vaine délicatesse , miss Courtney ; sûre comme vous l'êtes de la tendresse d'Auguste, elle ne vous est point permise, quand vous tenez son sort entre vos mains. Songez-y bien , il part, il

part au désespoir, je l'ai vu, malgré
ses efforts pour le dissimuler; ce moment vous appartient encore, mais
si vous le perdez, il peut tout changer,
empoisonner sa vie, la vôtre. S'il vous
est possible, et sans doute vous le pouvez, empêchez ce départ. Je ne suis
instruite de rien, Auguste ne m'a point
chargée de tenter un effort auprès de
vous; mais mon amitié pour lui me fait
frémir du malheur auquel vous vous
exposez tous deux. Dites un mot, et je
suis sûre de vous l'amener. Dites, miss
Courtney, le pouvez-vous? que je serais
heureuse! »

Elle aurait pu parler encore long-
temps sans qu'Emma songeât à l'interrompre. Chaque mot que prononçait
Louisa Carrers avait enfoncé le poi-
gnard dans son cœur. Celle-ci semblait
attendre sa réponse. Emma rassemble
tout son courage.

« Je vous remercie, dit-elle d'une
voix étouffée, mais je ne puis rien
pour le bonheur de personne. »

« En êtes-vous bien sûre, reprend
Louisa affligée, vous a-t-il vue depuis?.... »

« Oui, je l'ai vu, j'ai résisté à ses
prières, à son ressentiment, à sa dou-

leur, à tout ; » et ses pleurs, malgré elle, commencent à s'ouvrir un passage.

« Pauvre Emma ! reprend Louisa attendrie, calmez-vous, charmante et malheureuse fille, calmez-vous, je n'ai point appris à mal juger des autres, je ne vous croirai jamais coupable de fausseté. Sans doute, un jour Auguste reviendra d'une erreur qui le rend si malheureux, et alors vous lui pardonnerez, n'est-ce pas ? »

Emma joignit les mains, puis en couvrit son visage.

« Allons, miss Courtney, venez avec moi, j'ai ma voiture, je vous ramènerai chez vous. Bonnes gens, je reviendrai un autre jour. »

Emma se laisse conduire ; au bas de l'escalier elle rencontre le propriétaire de la maison, qui lui demande si elle compte toujours venir le lendemain prendre possession de son appartement. Elle répond par un signe de tête.

« Quoi ! c'est dans cette maison, lui dit Louisa aussitôt qu'elles sont montées en voitures, c'est dans cette maison que vous allez demeurer ? »

« Oui, dit Emma, elle convient de toute manière à ma situation. »

Elle reprenait toujours courage lors-

qu'il s'agissait de l'état de sa fortune.
C'était le seul malheur qui lui fût absolument personnel; elle le souffrait pour
Auguste, c'était une sorte de lien. De
quoi, lorsqu'on a tout perdu, ne sait-
on pas se composer des jouissances?

« Ainsi donc, reprend Louisa, vous
serez logée auprès des pauvres que
vous avez secourus. »

« Hé bien, dit Emma d'un air calme
et doux, ce ne peut être pour moi
qu'un avantage. Leurs services me
seront sûrement très-utiles, jusqu'au
moment où je me serai accoutumée à
des soins dont je ne m'étais pas encore
occupée. »

Louisa réfléchit quelques momens,
ensuite levant sur Emma un regard
expressif: « Miss Courtney, lui dit-elle,
j'ai quelquefois regretté ma jeunesse,
mais jamais davantage que dans ce
moment. »

Étonnée de ce début, Emma ne savait que répondre.

« Je vous aurais priée, continua madame Carrers, je vous aurais conjurée
de vouloir bien regarder ma maison
comme la vôtre, mon âge en aurait
fait une habitation convenable; j'aurais tenu lieu de mère à l'amie d'Au-

guste, et dans un temps plus heureux,
c'est de moi qu'il l'aurait reçue. Mais,
ajouta-t-elle, voyant qu'Emma se préparait à répondre, je ne vous le demanderai point, ne craignez pas que je
vous expose à l'embarras d'un refus.
Je sais que le monde a été bien sévère
pour moi. Je l'ai mérité, ainsi je ne
m'en plains point, mais je sais qu'il
condamnerait sans retour une jeune
personne que je paraîtrais conduire.
Ma sincérité vous étonne, je le vois
bien, je ne l'aurais pas avec d'autres ;
elle serait déplacée vis-à-vis de tous,
et quelques-uns la prendraient pour
une insouciance coupable; mais vous,
miss Courtney, qui ne pouvez me juger que par le public, je veux que vous
connaissiez au moins le peu que je
vaux, j'ai besoin de votre amitié et de
votre confiance. »

« Et c'est dans ce moment-ci que
vous la recherchez! » dit Emma extrêmement émue.

« Oui, reprit Louisa, c'est dans ce
moment, où vous soutenez vos malheurs avec tant de courage ; d'ailleurs,
ajouta-t-elle en souriant, vous serez
heureuse un jour, c'est moi qui vous le
prédis, et je veux me faire un titre. »

10.

« Heureuse, » répéta Emma en soupirant.

« Oui, j'en suis sûre; mais ce que je veux sur-tout, c'est que vous ne vous abandonniez pas à la tristesse. Mon emploi sera de vous en préserver, vous apprendrez de moi à vous étourdir. »

« Et pourquoi chercheriez-vous à vous étourdir? bonne comme vous l'êtes, aimant à faire le bien, possédant les moyens nécessaires pour suivre un penchant si doux, ne devriez-vous pas être heureuse? »

« Oui, reprit Louisa avec force en lui serrant la main; heureuse comme on l'est quand on voudrait rappeler le passé. »

En ce moment la voiture s'arrêta à la porte de lady B★★★.

« Adieu, madame, dit Emma, je me souviendrai toujours que vous m'avez recherchée quand j'étais dénuée d'amis, de protection, quand tout devait me rendre coupable à vos yeux. Mais permettez que je vous fasse amende honorable; j'ai été bien injuste, c'est une suite du malheur. »

« Je l'ai bien vu, ma belle amie, reprit en riant madame Carrers; je savais bien que je vous en ferais revenir, c'est

le seul tort que je veuille jamais avoir à
vous reprocher. Ce n'est pas encore le
moment de régler nos comptes, mais
celui-là je vous le rappellerai quand
nous n'aurons plus rien de mieux à
faire, quand vous regorgerez de pros-
périté. »

Elle la salua d'un signe de tête ami-
cal et partit.

Emma rentra dans sa chambre, un
peu moins abattue. Elle se fût détestée
si les chagrins d'un autre eussent sou-
lagé ses peines ; elle était vivement
émue de celles que lui avait laissé voir
la bonne Louisa Carrers. Mais l'ame
qui peut donner accès à la compas-
sion conserve donc encore des parties
saines, des points qu'a respectés le
malheur ? Emma sentit qu'il existait
des maux dont elle se trouvait exempte,
et que de tous les maux, peut-être,
ceux-là devaient compter comme les
plus douloureux. Elle pouvait être
long-temps malheureuse, mais non
pas faible long-temps. Elle remonta
son ame, reprit sa force accoutumée,
peut-être un peu d'espérance, et fut encore cette Emma que, pendant quelques
momens, elle même avait cessé de reconnaître. Elle s'occupa des préparatifs

de son départ, ils ne furent pas longs, et le lendemain elle entra dans son nouvel appartement. Son premier soin en arrivant, fut de passer dans la chambre de Tom Ben. Toute la famille était instruite de son arrivée dans la maison ; incertains encore s'ils devaient s'en réjouir ou s'en affliger, ils crurent, quand ils virent entrer Emma, que son choix l'amenait parmi eux.

« Mes amis, leur dit-elle de l'air le plus gracieux, je viens remplir ma promesse ; elle ne sera pas aussi avantageuse à Molly que je l'avais espéré ; mais j'assure au moins sa subsistance, vous pouvez compter qu'elle partagera toujours la mienne. »

Après avoir reçu les témoignages de reconnaissance que chacun des individus de la famille exprimait à sa manière, après leur avoir expliqué, sans entrer dans aucun détail, que sa fortune était changée, qu'elle ne devait pas vraisemblablement espérer de la voir prendre une face plus heureuse, elle ajouta : « Je viens de prendre un logement tout près d'ici : comme j'ai besoin de quelqu'un, si vous voulez me céder Molly tout de suite, elle me servira.

Molly sautait de joie.

« Mademoiselle, dit la mère, j'espé-
rais que Molly serait d'abord avec d'autres personnes qui l'instruiraient dans
le service; mais toute seule, elle ne
sera jamais assez adroite pour une si
belle dame. »

« Ma chère Deb, reprit Emma, je
ne suis point une belle dame; quand
je l'aurais été, il faudrait l'oublier maintenant. Molly me sera au contraire extrêmement utile; elle pourra m'apprendre beaucoup de choses. » Molly
sourit du sourire modeste de la vanité.
Emma continua : « J'en sais d'autres
qu'elle ignore, nous nous arrangerons.
Peut-être serons-nous obligées de nous
aider de notre travail; hé bien, nous
travaillerons ensemble. »

Molly et sa mère regardèrent Emma
avec la plus profonde surprise ; elles
n'imaginaient pas comment une belle
dame, avec un chapeau, une robe de
mousseline, pouvait seulement penser
à travailler : c'était à leurs yeux l'excès
du luxe et le *nec plus ultrà* du bonheur.
Elle n'osaient rien dire; Emma sourit
de leur étonnement.

« Eh quoi ! dit-elle en lui tendant la

main, Molly ne sera-t-elle pas bien aise de travailler avec moi ? »

. La petite fille se précipita sur sa main, qu'elle baisa avec transport : jamais Emma n'avait inspiré plus de respect, que dans ce moment où elle semblait regarder Molly comme sa compagne.

Emma prit Molly avec elle pour l'aider à ranger son nouvel appartement. La pauvre Molly était ravie, rien ne pouvait se comparer à son zèle ; mais seulement, par un effet de malheur dont elle ne cessait de s'étonner, elle ne touchait à rien qu'Emma ne fût obligée de refaire avec beaucoup plus de peine que si elle n'eût jamais été secondée par cet utile auxiliaire. Mais Emma était si bonne, si facile, elle instruisait Molly avec tant de patience, et réparait ses fautes avec tant de courage, qu'au bout de la journée la chambre avait pris une apparence d'ordre et de propreté, dont la veille on ne l'aurait jamais crue susceptible. Le soir elle put s'admirer dans un petit domaine entièrement de sa création ; et pour la première fois depuis bien long temps, dormit cette nuit d'un sommeil assez tranquille.

Pendant ce moment de repos, ceux qui veulent tout comprendre chercheront peut-être à s'expliquer comment, entre lady B*** qui n'en avait point parlé, et madame Carrers qui n'en avait rien dit, il se pouvait faire que l'aventure d'Emma fût parvenue aux oreilles de lady C***. Il est de fait que lady C*** ne savait pas un mot de l'aventure d'Emma; mais le lendemain du jour où M. Harriot avait rencontré pour la première fois Emma chez mistriss Campbell, encore persuadé qu'elle n'y avait été que pour Auguste, il l'avait dit à madame Morton dans un moment d'humeur occasionné par la manière dont Emma s'était débarrassée de lui au moment où il s'y attendait le moins. Sans humeur, madame Morton l'avait redit à une de ses amies, qui, avec les meilleures intentions du monde, en avait instruit, le soir même, dix personnes réunies chez elle; en sorte que deux jours après, à l'assemblée de lady C***, on avait dit, répété, établi, que la fille du riche M. Courtney avait dû épouser M. Montague, qui avait rompu le mariage, parce qu'il avait découvert une intrigue avec M. Harley; que celui-ci n'en

comptait point faire sa femme, mais
qu'il la voyait toujours, et que le lieu
des rendez-vous était une boutique
au coin de la rue de ★★★. On ajoutait
que, par une faiblesse inconcevable,
madame Harley avait gardé miss Cour-
teney chez elle jusqu'au moment où
elle avait voulu la quitter pour suivre
Auguste à Londres.

Entièrement établie dans son nouveau domicile, entourée d'êtres recon-
naissans empressés à la servir, Emma
trouvait, de loin en loin, quelques
momens de relâche. Les enfans de Tom
Ben se disputaient à qui ferait ses com-
missions; Débora déployait tous les
talens qu'elle avait reçus du ciel, pour
préparer sa très-simple nourriture, en
attendant que Molly fût parvenue au
degré d'habileté de sa mère; et les soins
qu'Emma donnait à l'instruction de
cette enfant réellement intéressante, lui
fournissaient la plus douce occupation
qu'elle pût trouver dans sa solitude.
Le propriétaire de la maison qu'elle
habitait vendait différens ouvrages de
broderie; Emma, très-adroite dans
tous les genres, avait facilement obtenu
qu'il l'employât. Gagner sa vie ou dé-
penser son temps, voilà le but des soins

que se donnent toutes ces créatures que l'on nomme pensantes; Emma trouvait à remplir les deux objets à la fois, et cette occupation l'absorbait assez quelquefois pour affaiblir le sentiment de ses maux.

Cependant un reste d'espérance la tenait encore dans une agitation pénible. Madame Carrers lui avait annoncé le départ d'Auguste, mais elle ne lui en avait pas fixé le moment; peut-être ne voudrait-il pas s'éloigner sans voir Emma. Que lui dirait-elle, que pourrait-il résulter de cette entrevue? elle n'en savait rien; mais il était impossible que voir Auguste ne fût pas un bien pour Emma. Continuellement occupée du même objet, elle l'examinait sous tous ses points de vue: il en était bien peu de favorables, c'était ce qu'elle tâchait de se répéter continuellement pour calmer l'impatience qui la consumait; mais au moment où elle venait de se donner toutes les raisons qui devaient anéantir l'espérance, ouvrait-on sa porte, elle palpitait, et se sentait prête ensuite à gronder Molly, qu'elle voyait entrer seule.

CHAPITRE XI.

E MMA était sortie depuis quinze jours
de chez lady B***; rien n'avait encore
interrompu sa solitude, elle n'avait
point revu madame Carrers, elle avait
écrit à M. Montague, à madame Harley, et n'avait point reçu de réponse.
Le silence de cette dernière commençait d'autant plus à l'inquiéter, que,
dans ses dernières lettres, elle se plaignait beaucoup de sa santé, qui, disait-elle, devenait infiniment plus mauvaise. Enfin, au bout de quinze jours,
elle reçoit une lettre de White-House;
cette lettre était de l'écriture d'Auguste:
Auguste n'est donc pas encore parti!
Est-ce crainte, est-ce plaisir, qui fait
trembler Emma tandis qu'elle rompt
le cachet? Auguste avait tracé cette
lettre au nom de madame Harley, qui,
trop malade pour l'écrire elle-même,
l'avait dictée à son fils. Cette lettre contenait les plus tendres reproches sur

l'asile qu'avait choisi Emma, et les sol-
licitations les plus pressantes pour l'engager à le quitter.

« Venez chez moi, mon Emma, »
lui disait son amie, et ces mots étaient
tracés de la main d'Auguste ; « vous
« serez dans ma maison comme vous
« seriez dans la vôtre : nous prendrons
« tous les arrangemens qui pourront
« vous convenir ; votre logement sé-
« paré vous donnera la faculté de de-
« meurer seule autant qu'il vous plaira,
« et quand vous viendrez me voir, je
« recevrai cette marque d'amitié avec
« reconnaissance. Mon fils me quittera
« bientôt ; je suis malade, je serai seule ;
« venez mon aimable amie, vous m'êtes
« nécessaire, absolument nécessaire.
« Destinée probablement à souffrir au
« moins pendant quelque temps, j'ai
« besoin de m'entourer de toutes les
« consolations possibles, et mon Emma
« sait bien si elle tient en son pouvoir
« les moyens de me rendre l'existence
« agréable. »

A la fin de cette lettre, Auguste ajoutait ces mots en son nom :

« Trop souffrante pour écrire elle-
« même à miss Courtney, ma mère

« m'a chargé de lui transmettre l'ex-
« pression de ses desirs les plus vifs.
« Je ne me crois pas le droit d'y joindre
« une prière ; mais , sans prétendre
« ajouter rien à une intercession plus
« puissante, j'exposerai à miss Court-
« ney les vœux de celui qu'autrefois elle
« a daigné nommer son ami. Je compte
« partir pour la France aussitôt que
« ma mère sera mieux, ce qu'on me
« fait espérer devoir être très-prochain ;
« mais je la laisserai peut-être encore
« languissante : et, je l'avoue, irrévo-
« cablement déterminé à cette absence
« qui m'est bien nécessaire, le seul
« moyen qu'elle me devienne supporta-
« ble, c'est qu'en cédant aux desirs de ma
« mère, à ceux que je n'ose lui expri-
« mer, miss Courtney daigne consentir
« à m'assurer un point de tranquillité,
« et me prouver qu'en renonçant au
« bonheur, je puis au moins compter
« encore sur une amie. »

Emma pleurait. Cruel , cruel Auguste ! *il n'a pas le droit ! il ne pré-
tend pas !* Bon Dieu ! disait-elle en
joignant les mains, que ne puis-je aller
au-devant de tous ses vœux ! Que ne
m'impose-t-il des devoirs pénibles ,

des sacrifices, s'il en pouvait exister, quand ils seraient pour lui! il verrait par mon dévouement si ce que je lui refuse est en ma puissance. Du moins, ne puis-je pas consentir à ce qu'il desire : retourner à White-House? Les raisons qui m'en ont éloignée subsistent encore, mais Auguste le desire, Auguste le demande. C'est pour moi qu'il le desire, hé bien, est-ce une raison de refus? Rejeter les soins qu'il prend pour mon bonheur, ne serait-ce pas un orgueil, une hauteur insoutenable! J'irais à White-House, je consacrerais mon temps à cette bonne, à cette charmante amie qui ne se lasse point de me rappeler chez elle. Je remplacerais Auguste, et là, sous les yeux de sa mère, que je ne quitterais pas d'une minute, ne me permettant pas un mouvement dont elle ne pût lui répondre, je lui prouverais qu'au moins pendant son absence, je n'ai vécu que pour lui. J'irais à White-House, et je lui dirais : Je viens parce que vous le desirez.

Elle ne balançait presque plus, son cœur l'entraînait quand madame Carrers arriva. Elle avait été retenue chez elle par une indisposition, et venait aussitôt qu'il lui était possible. Après les premières phrases, elle remarque l'air préoccupé d'Emma ; elle l'interroge.

Emma mourait d'envie de la consulter, elle n'y voyait pas d'inconvéniens.

« Tenez, dit-elle en lui donnant la lettre, voilà ce que je viens de recevoir ; que me conseillez-vous ? Louisa prit la lettre, et après l'avoir finie, la lui rendit sans rien dire. Les regards d'Emma lui demandaient une réponse.

« Madame Harley paraît y attacher un grand prix, » dit-elle enfin très-froidement.

« Oh ! je n'en doute pas, reprend Emma, c'est contre son gré que je me suis séparée d'elle, et je crois son amitié inaltérable. » Nouveau silence. Louisa comptait les bâtons de son éventail. Au bout d'un instant, Emma reprend à voix basse :

« Il semblerait aussi que M. Harley le desire vivement. »

« Je crois, en effet, dit Louisa, qu'il le desire beaucoup. »

Elle se tut après ces paroles. Emma la regardait fixement.

« Je vous ai demandé conseil, » lui dit-elle.

« Mais voudrez-vous le suivre ? » reprit madame Carrers.

Emma frémit.

« Ah ! dit-elle, je vois qu'il sera sévère. »

Elle porta sa main à ses yeux, et ses pleurs coulèrent malgré elle ; mais au bout d'un instant elle les essuya, et reprit avec fermeté.

« Quel que soit votre avis, madame Carrers, dites-le-moi, et je vous promets de me rendre à la raison. »

« Seulement une question, dit Louisa : quels sont les motifs qui vous ont portée à quitter la maison de votre oncle ? »

« Je vois, dit Emma, que pour me justifier, il faut en accuser une autre ; mais je l'avouerai, maintenant je crois que les torts ont été réciproques. Madame Morton ne m'aimait pas, et sa conduite envers moi était au moins désagréable. Il s'en fallait de beaucoup qu'elle respectât le malheur de ma position. Cette même position me rendait plus difficile, il aurait fallu nécessairement que nous finissions par nous séparer; je me suis peut-être montrée un peu trop vive, j'aurais dû supporter plus long-temps; mais enfin je suis sortie de chez elle, il ne faut plus penser à y rentrer; dites-moi seulement quel rapport a cette explication avec le conseil que je vous demande?

« Le voici. Sans clabauder trop ouvertement, ce qui serait contraire à la décence et au respect qu'elle doit à la famille de son mari, madame Morton, pour couvrir la conduite qu'elle a tenue envers vous, s'autorise des bruits qu'on a répandus sur votre compte, et les accrédite beaucoup. »

« Quels bruits ? » dit Emma étonnée: puis, voyant Louisa très-embarrassée : « Ne craignez pas, lui dit-elle, de m'affliger en me les répétant. Le blâme que je n'ai point mérité ne peut m'atteindre; l'injustice, ajoute-t-elle d'une voix un peu altérée, ne n'a jamais fait mal que de la part de ceux que j'aime.

Louisa l'embrasse et lui fait connaître avec ménagement, mais sans lui rien cacher, les propos qu'on a tenus sur son compte, et que doit accréditer sa sortie de chez lady B★★★. « Jugez, poursuit-elle, des discours de

madame Morton lorsque votre habitation à White-House, tout près de
chez elle, sera pour elle un continuel
reproche, qui l'obligera de se justifier
sans cesse. Jugez, d'après ce qu'on a
déjà prétendu sur la faiblesse de madame Harley pour son fils, de l'opinion qu'établira votre retour dans sa
maison pendant qu'Auguste ne sera
pas en Angleterre, et que personne
ne saura ce qui peut empêcher votre
union dans ce moment. » Elle allait
poursuivre.

« Il n'en faut pas davantage, dit
Emma d'un air résigné; je n'irai point. »
Mais l'instant d'après, fondant en larmes, et montrant à madame Carrers
la fin de sa lettre, « et Auguste, dit-
elle, croira qu'il ne peut pas même
compter sur une amie. »

Louisa, très-émue, tâchait en vain
de la consoler. « Consultez-vous, ma
chère Emma, lui disait-elle; voyez
d'abord si le sacrifice ne passe point
vos forces. »

« Non, disait Emma, je le dois, je le
ferai, dussé-je en déchirer mon cœur, et
celui d'Auguste, ajoutait-elle avec un
accent douloureux. Puis, se tournant
vivement du côté de Louisa Carrers :

» C'est pour lui que je me sacrifierai, reprit-elle avec véhémence; je veux, s'il revient jamais à son amie, je veux qu'il la retrouve pure, sans tache et sans soupçon. C'est pour lui, pour sa respectable mère; sans cela, madame Carrers, oh! jamais, jamais je n'en aurais la force. »

En disant ces mots, elle se jeta dans les bras de son amie.

« Est-ce à moi, disait celle-ci, est-ce à moi à vous donner des conseils si sévères? »

« Ne puis-je au moins, lui demanda timidement Emma, annoncer à madame Harley que, sans m'établir dans sa maison, j'irai après le départ de son fils passer quelques momens avec elle? » Et sur l'affirmative: « Ce n'est pas pour moi, ajouta-t-elle, mon sacrifice est fait; mais c'est pour adoucir mon refus. Bonne madame Harley! il l'affligera bien vivement. »

Louisa ne la quitta que lorsqu'elle la vit plus calme; mais elle la laissait bien malheureuse. Elle ne trouvait plus sa solitude supportable; cette lettre avait répandu l'amertume dans son ame, interrompu ses occupations, ou du moins détruit le plaisir qu'elles

commençaient à lui procurer. Trois
jours s'étaient écoulés bien tristement;
et que d'heures on peut compter en
trois jours de tristesse ! quand elle
reçut une seconde lettre d'Auguste.
Absolument déterminée sur ce qu'elle
croyait en devoir être l'objet, elle
tremblait d'y retrouver de nouvelles
instances; mais que devint-elle en li-
sant ces mots :

« **Ma mère** est très-mal; venez, miss
« Courtney, venez promptement, elle
« demande à vous voir, cette dernière
« consolation lui est nécessaire : au nom
« du ciel, ne perdez pas un instant! »

Dût son malheur éternel en devenir
la suite, Emma ne se fût point refusée
à de semblables instances. Elle écrit un
mot à madame Carrers, et part sans
Molly, qui n'aurait pu que l'embarrasser. Combien le chemin fut long ! qu'il
fut horrible! comme elle avait toujours
vu madame Harley faible et souffrante,
ce qu'Auguste lui avait mandé, la première fois, de la maladie de sa mère,
l'avait affectée sans l'inquiéter. Maintenant cette nouvelle inattendue l'avait
pénétrée de terreur; à chaque instant
une affreuse pensée venait inonder son
visage d'une sueur froide. Je ne la

reverrais plus ! disait-elle ; et que deviendront mes espérances de bonheur ? avec qui pourrai-je les partager ? Ah ! je n'en veux plus ; n'aurai-je pas vu s'évanouir ce qui devait faire le charme de mon existence ? Qu'Auguste parte , qu'il m'abandonne ! la douleur, les regrets, voilà ce qui me convient : un instant de jouissance serait suivi de mille remords. Puis elle regardait à la portière, conjurait les postillons de se hâter , et s'étonnait en frémissant du peu d'espace qu'elle avait parcouru pendant un intervalle doublé par la crainte et la douleur.

Elle arrive enfin ; Auguste se présente pour l'aider à descendre de voiture , elle ne voit en lui que le fils de madame Harley : elle n'ose l'interroger ; il fait nuit, elle ne peut lire sur son visage.

« Ma mère est un peu mieux, » dit enfin Auguste, d'un ton qui démentait ses paroles.

« Espère-t-on ? » demande Emma tremblante. Auguste se tait. « Oh ! bon Dieu ! » s'écrie t-elle douloureusement. Auguste presse la main qu'il tenait dans la sienne, et celle d'Emma répond au mouvement d'un frère. Ils entrent

chez la malade; Emma, qui ne l'avait
pas vue depuis trois mois, est effrayée
de l'altération de ses traits. Pâle, sou-
tenue par des oreillers, elle respire
avec peine et ne peut prononcer trois
mots de suite : elle salue Emma d'un
sourire et d'un signe de tête. Emma
ne dit rien, s'assied au pied de son lit,
et dès cet instant se trouve établie près
d'elle comme si elle ne l'avait jamais
quittée.

Il y avait dans la chambre deux
personnes qu'elle ne connaissait point;
c'était le frère d'Auguste et lady Johanna sa femme. La belle-fille ne
restait chez madame Harley qu'aux
heures où la bienséance l'exigeait, le
fils un peu davantage, mais pour y
rester. Il paraissait affecté, mais son
chagrin n'était point aimable. Auguste
et Emma étaient toujours là, toujours
en activité. Pendant la nuit, tandis que
l'un dormait, l'autre veillait pour qu'il
pût reposer tranquillement; et souvent, se refusant au sommeil, tous
deux ensemble adoucissaient à leur
mère les longues heures d'une nuit de
souffrances. On eût dit qu'ils n'avaient
qu'une seule ame comme ils n'expri-
maient qu'un seul desir. Un danger

commun était le seul lien qu'ils re-
connussent; ils paraissaient avoir oublié qu'un autre eût jamais dû les unir,
ou qu'un moment cruel eût rompu
ceux qu'ils avaient formés. Toujours
prêts, toujours attentifs, ils compre-
naient le desir de madame Harley avant
qu'il fût exprimé; tous deux se préci-
pitaient pour le satisfaire, et souvent
tous deux en même temps lui présentaient la chose qu'elle avait demandée;
elle souriait de leur intelligence, et ce
sourire d'un mourant les pénétrait de
douleur.

Une nuit, ils étaient seuls auprès de
la malade; sa belle-fille avait prétexté
la délicatesse de sa santé pour s'exemp-
ter de ce pénible devoir, et l'on avait
facilement adopté cette excuse. Le fils
n'avait pas songé à se proposer; cependant ce n'était pas un mauvais fils.
C'était Emma qui devait rester auprès
de madame Harley, mais Auguste n'a-
vait pas voulu profiter de son tour pour
se reposer. La malade respirait d'une
manière moins pénible et parlait avec
moins de difficulté, la garde dormait
dans un coin de la chambre. Madame
Harley demande une potion qu'elle
prenait à toutes les heures; ses deux

fidèles gardiens s'avancent en même temps auprès de la cheminée pour lui porter ce qu'elle desire. Auguste cède à Emma le soin et le plaisir de servir sa mère; mais tous deux en même temps se rapprochent de la malade, qui d'un coup d'œil applaudit à leur union.

« Mes enfans, dit-elle en leur rendant la tasse, c'est pour moi, c'est pour me servir que vous êtes si bien ensemble; mais en est-il toujours de même ? »

La physionomie d'Auguste se couvre d'un nuage, Emma baisse les yeux et ne répond rien.

« Ma chère Emma, reprend madame Harley, c'est à vous que je m'adresse; vous êtes sans doute l'arbitre de son bonheur, sans doute il ne tient qu'à vous de le lui rendre; soyez bonne, soyez généreuse pour le fils de votre amie; on ne peut rien refuser à l'état où je me trouve. »

« Non, ma bonne, ma tendre amie, dit Emma en baisant la main de madame Harley, ce n'est pas moi qu'il faut solliciter, je puis le dire devant vous, son bonheur m'est bien cher.... aussi cher que le mien. » Auguste ne put retenir un mouvement pénible. Emma poursuivit : « Et comptez sur moi tant qu'il en pourra dépendre. »

Auguste s'efforça de sourire pour ne pas affliger sa mère, il porta à ses lèvres l'autre main qu'elle lui tendait ; elle les regarda tous deux avec tendresse. Epuisée de l'effort qu'elle venait de faire, elle témoigna par un signe qu'elle avait besoin de se reposer. On ferma les rideaux, et tous deux s'éloignèrent.

Emma se tenait debout, appuyée sur un coin de la cheminée, Auguste se tenait vis-à-vis d'elle, debout, appuyé de l'autre côté. Emma baissait les yeux et gardait le silence ; Auguste aussi gardait le silence, et ses regards étaient empreints d'une sombre tristesse.

« Est-il en votre pouvoir, dit-il enfin à voix basse et lentement, est-il en votre pouvoir, miss Courtney, ce bonheur que vous me promettez, auquel vous avez pu dire à ma mère que vous vous intéressiez encore ? » Emma tressaille et ne répond rien. « Ma mère a commis une imprudence, reprend Auguste, une bien grande imprudence, de me rappeler un tel souvenir : je vous voyais sous un autre rapport ; je vous voyais angélique, parfaite. Ah !

Emma, poursuit-il avec émotion, pourquoi faut-il que vous ne soyez pas toujours la même! »

Emma lève tristement les yeux.

« Celui, dit-elle, qui se permet des reproches, devrait bien calculer, prévoir l'effet qu'ils peuvent produire. Savez-vous, ajoute-t-elle en le regardant fixement, savez-vous, Auguste, le mal que me font les vôtres ? »

« Ah! dit-il vivement, mais toujours à voix basse, si je pouvais me croire assez heureux pour que mes reproches vous fissent la plus légère impression, c'est à vos pieds que j'expierais une semblable offense; mais, ajoute-t-il avec amertume, je ne m'en flatte point. Au reste, poursuit-il d'un ton plus froid, n'en parlons plus, miss Courtney, je sais à quoi m'en tenir; je sais à quel point mes instances seraient inutiles, et j'ai promis de ne plus vous en importuner. »

Emma sentit un mouvement bien douloureux. Elle appuya sa main sur son cœur ; puis, après un instant de silence, elle la posa sur le bras d'Auguste.

« Non, dit-elle, et ces paroles furent accompagnées d'un regard doux et

11.

triste, n'en parlons plus, mais que ce soit pour elle, pour ne pas l'affliger; laissons-lui croire que rien n'a détruit l'intelligence qu'elle voudrait voir régner entre nous. »

Ses yeux se remplirent de larmes. Auguste parut frappé, attendri. Il baisa silencieusement la main qui restait sur son bras. Tous deux se regardèrent, et se séparant avec effort, ils retournèrent auprès du lit, tous deux pénétrés d'une plus douce émotion.

Depuis dix jours qu'Emma était à White-House, l'état de madame Harley n'avait éprouvé d'autres changemens que ces légères variations où l'affection inquiète trouve tour à tour des motifs d'espérance et de crainte. Le matin du onzième jour, Emma venait de prendre quelques momens de repos; elle sortait de sa chambre lorsqu'elle rencontra Auguste. Pâle, effrayé, il lui dit que sa mère est très-mal; que depuis une heure, il lui a pris des convulsions terribles.

« Le médecin, ajoute-t-il, assure que c'est une crise, qu'elle peut devenir favorable; mais aura-t-elle la force de la supporter? »

Ils rentrent précipitamment chez la

malade. En effet, des convulsions af-
freuses paraissaient à chaque instant
ébranler jusqu'à la mort une machine
trop faible pour résister à de si vio-
lentes secousses. Rassemblée autour du
lit de madame Harley, sa famille attendait en frémissant le moment fatal.
Auguste et Emma présentaient l'image
du désespoir. Chacun des mouvemens
convulsifs qui agitaient madame Harley semblait près de les anéantir avec
elle. Cependant, au bout de quelque
temps, les accidens diminuent, bientôt
ils cessent tout à fait. Tous les yeux
se tournent vers le médecin.

« C'est un effort de la nature, dit-il ;
j'espère beaucoup. »

O joie céleste ! la malade est calme,
elle se sent même soulagée ; mais sa
faiblesse est excessive. Le docteur lui
ordonne le repos, et toutes les prières,
toutes les promesses d'Auguste et d'Emma ne peuvent obtenir que l'on per-
mette du moins à l'un des deux de
rester dans la chambre.

Emma passe dans la bibliothèque.
Elle n'y était pas entrée depuis son arrivée à White-House. Auguste l'y suit
bientôt. Emma avait repris sa place favorite. Auguste se promenait dans la

chambre. Ils ne disaient rien, mais tous leurs traits portaient l'empreinte du bonheur. Un instant ils avaient touché au dernier malheur, on leur permettait l'espérance; ils se croyaient sauvés.

« Que nous sommes heureux ! » dit enfin Emma.

Auguste s'arrête; il s'approche, et s'assied à côté d'elle.

« Oui, dit-il, *nous sommes* bien heureux ! Miss Courtney est donc assez bonne pour se joindre à nous ? »

« Eh ! qui s'y joindrait, si ce n'est moi ? Qui devrait plus que moi pleurer madame Harley ? »

« Nous ne la pleurerons point, dit Auguste avec un profond sentiment de joie; au lieu de consoler ses derniers momens, miss Courtney embellira son retour à la vie. »

Emma se trouble; Auguste paraît inquiet.

« Les marques d'amitié sans nombre que ma mère vient de recevoir de vous, m'ont donné lieu, dit-il, d'espérer que vous accepteriez la proposition qu'elle vous a faite. Cependant, je n'en étais pas assez sûr pour risquer de lui remettre votre réponse, dans l'état d'af-

faiblissement où elle est depuis plus
de quinze jours. La voilà, dit-il en la
lui montrant ; c'est vous qui m'indi-
querez l'usage que j'en dois faire. Dites,
miss Courtney, ajoute-t-il du ton le
plus pressant, puis-je la lui donner ? »

Emma baisse les yeux et reprend la
lettre. Auguste recule, il la regarde
quelque temps en silence.

« Ainsi, miss Courtney, dit-il avec un
profond sentiment d'amertume, vous
refusez de ceux que vous appelez vos
amis, ce que vous auriez accepté, si
d'autres vous l'eussent offert. »

Emma tremblait et se trouvait dans
l'impossibilité de répondre. Auguste,
après l'avoir considérée quelques instans, reprend d'un ton plus doux :
« Mais, non, miss Courtney, vous ne
l'avez pas refusé sans retour. Vous re-
viendrez, ma mère n'en sait rien encore, vous n'aurez pas le courage de
le lui dire, de la désoler au moment où
nous devrions tous être si heureux.
Vous l'avez reprise, cette cruelle lettre,
vous la garderez, il n'en sera plus question. »

« Non, dit Emma, toujours tremblante, en lui rendant la lettre ; c'est
vous qui devez la garder, pour en

faire usage quand le moment vous le permettra. »

Auguste se lève avec un mouvement de colère.

« Voilà donc ce qui nous reste, dit-il, de cette amitié tant promise, de ces protestations, de tout ce que j'ai été assez insensé pour croire un instant! » puis il s'arrête devant Emma. « Vous nous refusez? » dit-il.

« J'ai cru le devoir, » dit Emma.

« Quel être bizarre conduit votre destinée? quels étranges devoirs il vous impose! »

« Auguste, écoutez-moi. »

Sans faire aucune attention à ces paroles, il continue à marcher dans la chambre avec la plus grande agitation : de temps en temps il s'arrête devant Emma.

« Quel est-il donc, poursuit-il d'un air contraint, quel est-il ce mortel à qui vous sacrifiez l'amitié, vos promesses, tout ce qu'on regarde comme sacré? »

« Quel il est, Auguste? » dit Emma en le regardant fixement : prête à s'échapper, elle se retient.

« Oui, reprend Auguste avec un sourire amer, il est sans doute bien fier,

il se trouve bien heureux. Sent-il vivement, sent-il, comme il le doit, le prix
des sacrifices que vous lui faites ? »

« Non, dit Emma, mon sort est de
ne faire jamais que des ingrats. »

« Des ingrats, reprend Auguste, en
cherchant à se contenir, des ingrats !
croyez-vous que cet aveu, cet aveu si
funeste, ait été reçu avec indifférence ;
le poison était déjà dans mon cœur, il
n'a fait que l'insinuer plus avant ; il est
devenu mortel, » ajoute-t-il avec l'accent du désespoir.

Emma cache son visage dans ses
mains, qu'elle baigne de ses larmes.
Après un moment de silence, Auguste
reprend :

« Je ne sais quelle puissance m'entraîne toujours en dépit de mes résolutions. Je vous en demande pardon,
miss Courtney ; trop peu maître de
moi, je prendrai désormais le seul
moyen qui me reste, pour éviter de
vous offenser encore. »

Il allait sortir.

« Auguste ! Auguste ! dit Emma,
écoutez-moi. »

Auguste s'arrête ; il semblait hésiter.

« Oh ! écoutez-moi, écoutez-moi,
s'écrie Emma, en étendant vers lui des

mains suppliantes ; faut-il que je vous
en conjure, que je vous le demande
comme une grace ! »

« Comme une grace, Emma ! dit
Auguste , en se précipitant auprès
d'elle ; dites-moi, dites-moi, que me
voulez-vous ? ne me laissez pas concevoir trop d'espérance. »

Emma ne pouvait répondre ; Auguste
est auprès d'elle ; il s'excuse, il cherche
à la calmer ; enfin elle reprend d'un
ton un peu plus ferme :

« Je puis vous expliquer la cause de ce
refus qui vous afflige. Tandis que vous
me soupçonnez, que vous me croyez
infidèle à mes promessses, des bruits
mensongers se sont répandus sur mon
compte ; on sait que je vous aime, Auguste, et je n'en rougis point ; mais on
vous suppose des vues indignes de
vous, et peut-être, ajoute-t-elle en baissant les yeux, des succès déshonorans
pour moi. Ces bruits sont tellement
accrédités, que la protection de votre
respectable mère ne suffirait pas pour
les faire cesser, peut-être même oserait-
on étendre jusque sur elle la tache
dont on cherche à me couvrir. N'en
accusez personne, continue-t-elle vivement en voyant Auguste frémir de

colère, n'en accusez personne, mon
malheur a tout fait, et je ne me reproche pas même une imprudence.
Peut-être une femme méchante a-t-elle
contribué à répandre ces bruits odieux,
mais je le lui pardonne ; sûre de mon
innocence, je laisserai à ma conduite
à faire tomber des calomnies que je
méprise. Il est un autre point sur lequel je dois vous parler encore ; ce
mystère qu'il ne m'est pas permis de
vous révéler. » Auguste commençait à
se troubler, il allait répondre. « Ecoutez-moi, dit Emma, je vous le demande
encore, écoutez pour la dernière fois.
Je vous ai dit que je vous aimais, et
depuis ce temps je n'ai point changé.
Depuis ce temps, le ciel m'en sera
témoin, je n'ai pas eu une pensée, pas
formé un desir qui ne fût pous vous.
Je crus qu'un obstacle insurmontable
nous séparait pour toujours, je souf-
fris, et beaucoup, dit-elle d'une voix
émue ; mais je n'imaginai pas un instant que vous pussiez sortir de mon
cœur. Maintenant, Auguste, la barrière
paraît s'ébrauler, mais un soupçon
affreux vous éloigne de moi, les apparences m'accusent, et je ne puis me
justifier. Je n'ai rien pour moi que

mon caractère, ma franchise, cet aveu,
dit-elle avec tendresse, cet aveu que
je renouvelle, ma parole. Auguste,
l'univers vous accuserait, si vous me
donniez la vôtre, je serais contente.
Songez-y bien, Auguste, à cet aveu
qui m'engage, aux droits que je vous
ai donnés, à ce que j'étais, à ce que
je suis encore. Rien jusqu'à ce jour
fatal a-t-il démenti mes promesses?
Dites-le-moi, quand vous connûtes
Emma, quand vous la jugeâtes digne
de cet amour que vous venez de m'a-
vouer, la crûtes-vous fausse, perfide;
ne vous inspira-t-elle aucune confiance, n'a-t-elle acquis aucun droit à
votre estime? »

Elle s'arrête; tandis qu'elle a parlé,
Auguste, tantôt marchant avec vivacité, tantôt immobile devant elle, et
la considérant en silence, paraît livré
à la plus violente incertitude.

« Voilà tout ce que j'avais à vous
dire, continue-t-elle avec une émotion
qui s'accroît à chaque instant. Voyez
maintenant si cette Emma que vous
aimez, qui vous aime, qui vous l'a dit
la première, qui vous le répète pour
la dernière fois, mérite assez de confiance, assez d'égards, pour que vous

ne veuilliez pas qu'un moment suffise
pour détruire son bonheur, le vôtre,
pour lui ravir tout ce qu'elle possède,
tout ce qu'elle attend, sans lui rien
laisser que l'insupportable douleur de
vous avoir rendu malheureux. »

Il lui devient impossible de poursuivre. Vainement elle voudrait cacher
des larmes qu'elle ne peut plus retenir; Auguste s'est assis près d'elle, sa
main tremblante presse fortement celle
d'Emma.

« Hé bien, dit-il avec agitation, hé
bien, femme inconcevable, jurez-le-
moi, jurez-le encore que vous êtes à
moi. »

« Si je le jure, dit Emma en tournant vers le ciel son visage inondé de
larmes, puis, laissant tomber sur Auguste un regard enchanteur, ne suis-je
pas à vous depuis long-temps, Auguste,
en doutez-vous encore? »

« Non, non, dit Auguste en tombant
aux pieds d'Emma qu'il presse contre
son cœur; pardonne, mon Emma, pardonne, ma charmante amie, j'y renonce
à cet affreux secret. Je te crois, je t'a-
dore..... laisse-moi répéter ce mot qui
m'est échappé dans un moment de désespoir..... Oui, Emma, je vous aimai

dès l'instant où je vous connus..... chaque jour, chaque minute, n'a fait qu'ajouter à la violence de mon amour...., et quand je me crus oublié, quel tourment!.... Emma, pardonne-la-moi cette erreur affreuse! Ne mêle pas d'amertume à la joie de t'avoir retrouvée; bientôt je serai libre. Dis-moi qu'alors rien ne manquera plus à ma félicité, que rien n'arrêtera le don de ta foi. Dis-le, mon Emma, comble les vœux de ton amant! »

Un sourire d'Emma valait toutes les réponses qu'elle eût pu faire. Auguste ne demanda plus rien; Emma n'imagina pas qu'il fût nécessaire de répondre. Ils se taisaient, et les instans volaient rapidement sans qu'ils s'aperçussent de leur silence mutuel.

« Ah, mon ami! dit enfin Emma, je suis bien heureuse! »

Et son amant enivré n'oublia pas un instant ce qu'il devait à la candeur, à la confiance d'une ame pure. Emma sortit de la bibliothèque sans qu'une seule pensée dût lui faire baisser les yeux en présence de celui qu'elle aime.

Ils traversaient lentement la galerie, leurs regards erraient sans pouvoir s'arrêter; tout semblait se réunir pour

augmenter leurs jouissances ou les partager. Il était beau, il était brillant ce
jour qui rendait la vie à madame Harley, le bonheur à ses enfans ! Emma
s'appuyait sur Auguste; elle tourne les
yeux sur une fenêtre ouverte, l'air
était doux, la campagne commençait
à reverdir, une émotion charmante a
pénétré le cœur d'Emma, elle regarde
Auguste.

« Allons retrouver madame Harley, » dit-elle.

En ce moment l'horloge sonne onze
heures, ils en avaient passé près de
deux ensemble. Emma rougit, Auguste
sourit ; elle s'arrête, il devine qu'elle
n'ose sortir avec lui. Il la quitte, elle
reste auprès de la fenêtre. Un grand
mouvement qu'elle entend dans la
maison l'inquiète un peu, elle veut
sortir; Auguste revient, elle le reconnaît à peine. Hélas ! cet effort de la
nature, c'était le dernier, madame
Harley était à l'agonie.

Elle voit entrer Auguste avec Emma,
elle sourit encore; d'un signe, elle remercie toute sa famille rassemblée autour de son lit. Bientôt cependant les
ombres de la mort se répandent sur ce
visage encore aimable; ce sourire dis-

paraît, elle ferme les yeux; un cri de douleur retentit dans tout l'appartement; elle les rouvre, et jette sur ses enfans un dernier regard de tendresse; mais enfin ils se chargent..... s'appesantissent..... se ferment..... elle s'endort, et le courant l'entraîne avec la génération qui s'efface.

CHAPITRE VII.

Depuis huit jours, White-House offrait le spectacle du deuil et l'image de la douleur, lorsqu'Emma sortit de son accablement pour songer qu'il fallait partir. Elle annonce son projet, et M. Harley, frère d'Auguste, que des affaires pressées forçaient en ce moment de faire un voyage à Londres, lui demande la permission de l'accompagner; Auguste n'y devait retourner que trois ou quatre jours après. Mais à peine la chose est-elle proposée, que lady Johanna demande du ton le plus

aigre à son mari, s'il compte la laisser
seule. Son beau-frère l'assure qu'il lui
tiendra compagnie pendant une partie
de l'absence de son mari, et M. Harley
lui représente doucement que le voyage
de Londres est indispensable dans ce
moment. Il lui propose de l'emmener,
mais lady Johanna, encore plus choquée d'une pareille idée, interroge tout
le monde pour savoir s'il peut exister
une fantaisie plus bizarre que celle
d'emmener une femme comme elle,
sans maison, sans habillemens conve-
nables, passer quinze jours à Londres
dans un hôtel garni ; car il était de
quinze jours ce voyage qui alarmait
si vivement la tendresse conjugale de
lady Johanna. Moins accoutumé que
son frère Tommy aux manières de cette
aimable personne, persuadé qu'il va
tout arranger, Auguste répond que si
elle vient à Londres, elle n'aura point
d'autre maison que la sienne ; et lui
insinue, qu'il croit indispensable de
partir quand on ne veut pas rester.
Quoique proposée avec toute la modestie imaginable, cette dernière opinion
fait entrer en fureur lady Johanna.
Indignée qu'on veuille lui faire entendre raison, elle s'emporte réellement,

prend à partie son mari, son beau-frère, et tout ce qui se trouve sous sa main. Auguste sort ; privée de l'un des objets de sa colère, lady Johanna la réunit entièrement sur celui qui reste en son pouvoir, et s'échauffant de ses propres discours, finit par le rendre responsable de ce qu'elle appelle l'impertinence de son frère. M. Harley se promène tranquillement dans la chambre sans paraître ému du bruit qui résonne à ses oreilles. Cependant, comme il le croit de nature à se prolonger par-delà sa durée ordinaire, il se tourne vers sa femme sans la moindre apparence de trouble :

« J'espère, madame, lui dit-il du ton le plus poli, que, lorsque vous serez décidée, vous voudrez bien me faire savoir vos intentions. » Puis il sort. La colère de lady Johanna est au comble ; elle a recours aux larmes, et se livre sans mesure à cette espèce de soulagement en présence d'Emma, qui, spectateur muet et très-embarrassé de cette ridicule scène, ne savait si elle devait rester ou sortir à son tour. Elle allait enfin prendre ce dernier parti lorsque tout à coup lady Johanna, l'interpellant du ton le

plus aigre, lui demande si son projet
est toujours de partir avec M. Harley.

« Je suis au désespoir, mylady,
répond froidement Emma, que mes
affaires m'appellent à Londres ; sans
cela, vous ne pouvez douter du plaisir
que j'aurais à vous tenir compagnie ; »
puis elle sortit, avec une inclination
en forme de révérence.

Environ deux heures après, on l'a-
vertit qu'Auguste desirait lui parler ;
elle descendit dans la bibliothèque.
Il venait, de la part de lady Johanna, lui demander instamment de demeurer avec elle jusqu'au retour de
son mari. C'était lady Johanna qui le
voulait, mais c'était Auguste qui le demandait, et d'une manière si pres-
sante ! il faisait valoir de si douces
considérations ! Lady Johanna était sa
belle-sœur ; il était possible, il était
probable qu'Emma, un jour unie de
plus près avec elle.... Emma rougissait,
elle était prête à céder ; mais demeurer plus long-temps dans une maison
dont Auguste était en quelque sorte le
maître !

« Hé bien, je m'éloignerai, dit Auguste, j'irai à Londres avec mon frère.
Qui sait, poursuivit-il vivement, quelle

heureuse nouvelle m'y attend peut-être ;
qui sait si à mon retour..... »

Il n'acheva pas, le trouble d'Emma
lui prouva qu'elle l'avait entendu. Elle
accepta son sacrifice et consentit à
rester ; il l'en remerciait avec amour.
Qu'il était tendre ! qu'Emma était heureuse !

« Mon ami, disait-elle avec une joie
profonde et le plus séduisant abandon,
une fois du moins j'aurai donc pu me
rendre à vos desirs ! »

Les regards d'Auguste devenaient
brûlans de passion, Emma ne pouvait les soutenir ; ses yeux se baissaient
et se relevaient tour à tour ; elle rougissait, elle souriait, et sa main tremblait entre celles d'Auguste. Il s'approcha d'elle davantage, il voulut la
serrer dans ses bras ; émue, confuse,
elle le repoussa doucement, en étouf-
fant peut-être un soupir.

« Allez, lui dit-elle à voix basse,
allez porter ma réponse à lady Johanna. » Auguste ne s'éloignait pas, il la
regardait, il pressait sa main, toujours
retenue entre les siennes. « Allez, »
reprit-elle, d'un ton qui semblait prier.
Il se leva, elle osa le regarder alors,
et le reproche qu'elle lut dans les yeux

d'Auguste ne dut pas affliger le cœur de son amie.

Lorsqu'il revint lui porter les remerciemens de lady Johanna, il la trouva pensive ; le souvenir de madame Harley était venu la frapper plus douloureusement au milieu des émotions de son bonheur.

« Nous l'avons oubliée un instant, » dit-elle en tournant vers Auguste des yeux remplis de larmes. »

« Non mon Emma, non ma tendre amie, répondit Auguste, vivement affecté : en nous aimant, ne remplisplissons-nous pas les derniers vœux de la meilleure des mères ? »

« Hé bien, madame Harley, reprit-elle en joignant les mains avec transport, soyez donc témoin du bonheur de vos enfans ! » Ils pleurèrent ensemble, et furent encore heureux. Le soir, tout fut arrangé comme le desirait lady Johanna, et, satisfaite de la complaisance d'Emma, elle tâcha de mettre dans l'expression de sa reconnaissance aussi peu d'humeur qu'il lui fut possible.

Pour concevoir le prix qu'elle mettait à cette complaisance, il faut savoir ce qu'était lady Johanna. Grande, sèche

et noire, elle avait, dès sa plus tendre
jeunesse, manifesté cette fantaisie, com-
mune à toutes les riches et laides hé-
ritières, d'être recherchée uniquement
pour elle-même. D'abord, pour être
plus sûre qu'aucune vue intéressée n'en-
trerait dans les vœux qu'on formerait
pour elle, elle avait déclaré ne vouloir
écouter de vœux que de ceux qui lui
offriraient une fortune égale à la sienne.
Mais les années s'écoulant en vain,
l'avaient rendue un peu moins exi-
geante sur les preuves du pur sentiment qu'elle croyait devoir attendre;
et lorsqu'à vingt-huit ans elle reçut les
vœux de Tommy Harley, elle était
depuis long-temps assez oubliée pour
qu'on ne s'étonnât pas de son indulgence. Il est vrai que si pour Tommy
Harley une femme ressemblait beaucoup à une autre, il n'en était pas de
même des fortunes, et que, sous ce
rapport, il put, de la meilleure foi du
monde, solliciter la main de lady Johanna comme la chose qu'il avait le plus
desiré en sa vie. Une fois en possession
de ce bien tant souhaité, il ne songea
plus qu'à en jouir à sa manière, c'est-à-
dire tranquillement, sans aucun de ces
soins et ce ces empressemens auxquels il

ne se fût pas plus soumis pour Vénus que
pour lady Johanna. Cette manière n'é-
tait pas celle qui convenait à sa femme;
l'aigreur qu'elle en conçut éclatait per-
pétuellement par des accès de colère
sur le moindre sujet. La première an-
née, M. Harley voulut essayer d'appaiser sa femme; la seconde, il se fâ-
cha; la troisième, il la laissa faire; et
s'en tint à ce dernier parti, qui, de
tous ceux qu'on aurait pu lui proposer, était celui qui convenait le mieux
à son caractère insouciant et flegma-
tique.

Pour varier les sujets de discussion,
lady Johanna s'était avisée de devenir
jalouse de son mari. Ce n'était pas
qu'elle s'en souciât beaucoup; mais
elle aurait trouvé parfaitement indécent
qu'une femme comme elle essuyât une
infidélité. En voyant Emma, en voyant
son mari lui témoigner les égards dis-
tingués qu'elle obtenait sans le vouloir
de tout ce qui l'approchait, lady Johanna espéra enfin avoir trouvé le sujet
d'une querelle sérieuse et motivée. Elle
se promit de les observer, et ne put
contenir sa colère quand elle les vit
prêts à partir ensemble. Cependant
Emma lui inspirait un certain respect,

elle n'osa rien dire qui pût la regarder
directement; mais, passé le premier
moment, elle songea que si le départ
de M. Harley interrompait le cours de
ses observations, du moins, en gardant
Emma avec elle, elle serait, jusqu'à
son retour, à l'abri de toute inquiétude.
La chose fut proposée, arrangée comme
on l'a vu; l'on convint que dans trois
jours les deux frères partiraient pour
Londres, et qu'Emma resterait a White-
House jusqu'au retour d'Auguste, qui
devait demeurer absent plus long-temps
que son frère : c'était ce qu'Auguste
avait à son tour exigé pour le prix de
la part qu'il avait prise à la négo-
ciation. Il espérait bien que, de cette
manière, Emma ne quitterait plus
White-House; qu'à son retour, libre
de déclarer son amour pour elle, il
pourrait obtenir qu'elle continuât de
demeurer avec lady Johanna jusqu'au
moment où une heureuse union la ferait sortir de cette désagréable mais décente situation. Lorsqu'ils furent prêts
à se séparer : « Mon ami, dit Emma
d'une voix émue, vous m'avez donné
une preuve d'estime, de confiance, qui
fera le bonheur du reste de ma vie. J'espère me voir en état de la reconnaître

un jour, en vous développant ce mystère qui vous a si vivement alarmé ; mais jusque là, reprit-elle, il serait possible que vos inquiétudes se renouvelassent. »

« Non, mon Emma ; non, jamais. »

« Vous le croyez ? dit-elle en souriant, je l'espère aussi ; cependant si elles renaissaient, je ne serai pas toujours là pour vous rassurer. Mon ami, poursuivit-elle avec attendrissement, je ne veux pas que vous soyez un instant malheureux ; voici un présent que e vous ai destiné. » C'était une boucle de ses cheveux. « Toutes les fois que vous sentirez vos doutes se renouveler, regardez-le, Auguste, et vous vous souviendrez qu'Emma ne pouvait donner ce gage de son attachement qu'à celui qu'elle préfère à tout ! » Auguste était aux pieds d'Emma ; ce fut là qu'il reçut une si précieuse faveur ; il ne pouvait se détacher de la main qui présentait la boucle de cheveux ; il oubliait tout, son départ, ses projets.

« Mon ami, lui dit Emma d'une voix étouffée, il faut partir. »

« Partir, mon Emma ! pourquoi partir? oh ! permets, permets que je reste. »

Emma ne répondait point; elle sentait son cœur se déchirer. Enfin elle reprend d'un ton plus ferme. « Auguste, vous me l'avez promis. »

« Et vous y tenez bien, à cette cruelle promesse ! »

« Auguste ! » dit-elle avec l'accent d'un tendre reproche; et ce mot, ce regard, le rappelèrent à ses devoirs. Il sortit en lui disant adieu, et tous deux eurent besoin d'un instant de réflexion pour sentir que cet adieu n'était pas le dernier.

FIN DU TOME SECOND.

www.ingramcontent.com/pod-product-compliance
Lightning Source LLC
Chambersburg PA
CBHW070505030726
47503CB00004B/1173